瑞蘭國際

한국, 같이 가요!

開朗歐巴的
手指
旅遊韓語

人氣韓語名師、臺韓媒體人
盧開朗——著

跟著開朗歐巴指一指，
誰都可以變韓語達人！

開朗哥人如其名，每次看到他，臉上總是帶著滿滿的笑容來面對身邊的每一個人，所以有他在的地方肯定就有笑聲。還記得第一次在「WTO 姐妹會」遇到他，被他一口流利毫無韓國腔的中文給嚇到，當時覺得這個人怎麼會長得這麼帥、語言能力又這麼強（我嘴好甜～），還真一度懷疑他是臺灣人偽裝的假韓國人，但每次看他在節目裡介紹他的故鄉大邱和韓國文化時，又再次確定他其實是韓國人偽裝成的臺灣人。

韓流已經襲捲全球，如果你還不了解韓國文化，那你一定要看這本《開朗歐巴的手指旅遊韓語》！而如果你已經是哈韓一族但想要更了解韓國文化，那這本書你更是需要好好地拜讀一下！

一本最有趣、最實用的韓國旅遊會話工具書終於誕生了，開朗歐巴你真的太有才華了，到韓國靠這本書，誰都可以變韓語達人！

몇 년전 서울에서의 일이다. 서울에서 일을 마치고 대구로 가기 위해서 서울역으로 갔다. 먼저 점심을 먹으려고 근처에 있는 식당을 찾았다. 옆 테이블에 아가씨 손님 4 명이 앉아 있었다. 들려오는 대화에서 타이완 사람이라는 것을 알았다. 이들은 주문할 때 매운 음식을 못 먹는다면서 직원에게 손으로 맵다는 동작과 'No Spicy' 라는 말을 연발했다. 덜 맵게 해달라는 표현을 하고 싶었지만, 그렇게 하지 못했다고 했다. 나는 식사를 마치고, 기차표를 사려고 역으로 갔다. 마침 내 앞에 여행객 3 명이 줄 서 있었다. 한 사람 손에 든 여권을 보니 또 타이완 사람이었다. 그들은 순서가 되었을 때 한 사람이 자신의 휴대폰을 꺼내서 직원에게 사진을 보여 주며 분주히 뭔가를 한참 설명했다. 상황을 보니 이들은 기차표로 잘못 사서 다른 표로 바꾸려고 하는 것 같았다.

이들은 의사 전달에 성공했다. 정말 쉽지 않은 일이다. 그런데 와이파이가 없거나 긴급할 때, 혹은 영어도 안 통한다면 어떻게 말을 해야 할까? 그때 나는 한국 여행을 위한 회화책이 있으면 좋겠다고 생각했다. 한국어를 배웠더라도 막상 상황이 닥치면 긴장해서 무슨 말을 어떻게 해야할지 잘 모르는 경우가 많다. 매번 와이파이를 찾고, 부정확한 번역 프로그램에 의존하는 것도 한계가 있다. 그래서 한국 여행 중에 발생할 수 있는 상황을 관련 표현들을 정리해 책으로 묶었다. 한국어를 전혀 하지 못해도 이 책에 나와 있는 문장과 단어로 간단한 의사소통을 할 수 있도록 꾸몄다.

대부분의 타이완 여행객은 한국어를 배운 적이 없을 것이다. 배웠더라도 한국에서는 오히려 영어에 의존해 의사소통을 한다. 약간의 현지 언어를 사용한다면 여행의 재미와 감동은 한층 더해질 것이라고 확신한다. 어차피 이 세상에 완벽한 소통은 존재하지 않는다. 한국 여행을 한다면 이 책과 아주 약간의 용기로 한국의 현지인들에게 좀더 다가서 보자. 인생 친구를 만날 수도 있지 않겠는가? 전에는 체험하지 못한 색다른 한국 여행의 묘미를 원하는 분들께 이 책을 권한다.

2019 년 3 월
타이베이 문산구에서
Mr. 해피가이

這是幾年前在首爾發生的一則小故事。那天在首爾辦完私事，中午到首爾車站準備搭車回去大邱，到車站後先在車站內的餐廳吃了午餐，隔壁桌有 4 位女生同桌，她們看起來像是要點餐，聽到她們講話的聲音，很確定她們是臺灣人。看她們在向服務生點餐時，比出辣的動作，重複說「No Spicy」，但其實她們想要的是小辣，卻無法說明清楚，只好點了不辣的口味。另外，在我用完餐，排隊買高鐵車票時，前面剛好有一組 3 個人的旅客，其中一位手上拿著臺灣護照，他們全都是臺灣人，輪到他們買票時，他們將手機拿給售票人員看，手忙腳亂地溝通了一段時間，這狀況看來，應該是他們買錯車票想要換票。

這兩個狀況，他們都成功地表達出自己的意見，但過程卻很不容易。如果是在沒有網路的環境，又或是在緊急、連英語也無法溝通的狀況下，該怎麼處理呢？這時候，如果有本針對韓國旅遊的會話書，一定能夠縮短溝通的時間吧？近年來學習韓語的人越來越多，但這些人在面對突發狀況時，就會緊張到不知該怎麼說明，就算依賴網路，翻譯軟體的成效也往往低於預期，因此，我透過自身在臺灣的經驗，將在韓國旅途中可能會遇到的狀況整理成這本書。整本書的結構與句型，就算是沒有接觸過韓語的旅行者也能善加使用，因為只要動動手指，就能夠輕鬆向韓國人表達想說的話。

根據我個人的觀察，絕大部分到韓國旅遊的臺灣旅客都沒有學過韓語，就算有學過韓語，到了當地，不少人還是用英文來溝通。其實出國時，簡單地用當地語言來溝通，也是旅途中的一種樂趣，除了增加與當地人的交流，他們也會覺得十分感動。尤其使用相同的語言在溝通上都有可能產生誤會了，更何況是外語呢？但只要有個能夠增加溝通效率的工具書，就能夠讓人更有勇氣開口！還有機會能夠跟當地人成為朋友喔！如果您想要的是一本豐富又與眾不同的旅遊會話書，那麼我強烈推薦《開朗歐巴的手指旅遊韓語》！

2019 年 3 月
臺北文山區

閔鎮鎬 Minjy Gong

★關於韓文

試著開口説韓語前要先認識韓文。透過本單元先理解韓語，更能輕鬆
説出漂亮韓語！

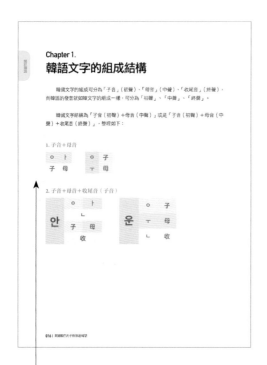

韓國文字的組成結構

本單元帶您認識韓國文字結構，子
音、母音、收尾音，一次掌握！

韓語語順

學習韓語句型，要了解韓語語順，
還有説話時習慣將主格省略，也必
須掌握動詞、形容詞語尾變化等概
念，本單元一一告訴您！

★手指主題式會話

出國旅遊，不論是購物、用餐、詢問，都得開口表達自己的需要。本單元將旅途中常用的語句，歸納為 10 個場景，整理出 55 個主題，就算不太會講韓語，只要動動手指頭，比出相對應的單字與句型，就能很快地將想問的事、想説的話表達出來！

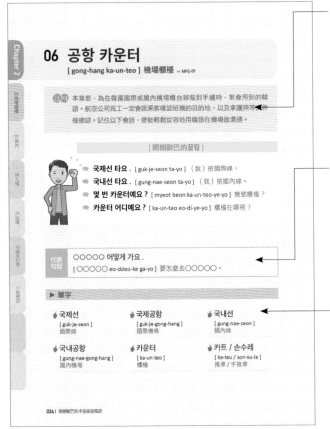

説明

每個主題的開頭，皆有該主題內容相關説明，讓您對每個主題會話，先有初步認識！

代表句型

為您整理出與主題相關的代表句型，只要將單字套入句型中，即能適時表達想説的話！

單字比一比

只要動動手指，比著對應的單字或句子，就能很快地將想問的事、想説的話表達出來！

如何
使用本書

開朗歐巴的꿀팁

隨時出現的的小提醒，是開朗歐巴貼心地為您整理了可以俯拾即用的短句，讓您迅速表達出想說的話。

★꿀팁：韓國的流行語，「꿀」的原意是「蜂蜜」，被衍伸為「非常簡單」或「非常有用」的意思，「팁」為英文的「tip」（提示），因此「꿀팁」的意思就是「有用的提示」。

09 출국
[chul-guk] 出境 ··· MP3-12

實用 從韓國機場出境時，除了到機場櫃檯報到之外，亦得多留意出境文件、攜帶物品等。本章節列出韓國出境時相關的單字及句型。

[開朗歐巴的꿀팁]

- 어디 가세요? [eo-di ga-se-yo] 您去哪裡？
  → 대만 가요. [dae-man ga-yo] 我去台灣。
  → 대만 돌아가요. [dae-man do-la-ga-yo] 我回去台灣。
  → 대만 다시 돌아가요. [dae-man da-si do-la-ga-yo] 我回到台灣去。
- 물건 올려 주세요. [mul-geon ol-lyeo ju-se-yo] 請把東西放上來。
- 가방 한번 볼게요. [ga-bang han-beon bol-ge-yo] 讓我檢查一下包包。
- 팔 들어 주세요. [pal deu-leo ju-se-yo] 請舉起雙臂。

► 一起説説看！

A : 어디 가세요? [eo-di ga-se-yo] 請問去哪裡？
B : 대만 가요. [dae-man ga-yo] （我）去台灣。

► 單字

- 벨트 [bel-teu] 皮帶
- 동전 [dong-jeon] 零錢
- 동전지갑 [dong-jeon-ji-gap] 零錢包
- 액체 [aek-che] 液體
- 물 [mul] 水
- 음료수 [eum-nyo-su] 飲料

Chapter 2. 공항 ／機場 | 043

一起説説看

全書韓文皆附上羅馬拼音，説韓語，就是這麼輕鬆簡單！

開朗歐巴告訴你

每個單元最後，都有開朗歐巴精選的韓國文化介紹，就是要您認識多元、有趣的韓國。

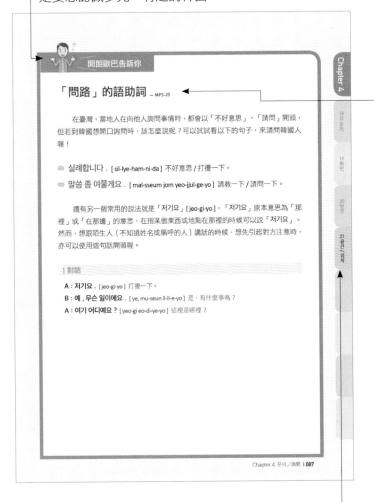

搭配 MP3

由作者「開朗歐巴」和韓籍名師親錄標準韓語 MP3，幫您說出最道地的韓語！

分類索引好方便

清楚好翻閱的頁側索引，查詢容易更有效率！

CONTENTS
目次

關於
韓語

手指
主題式
會話

한글에 대해

[han-geu-le dae-hae]
關於韓語

韓國文字由世宗大王於 1443 年創制，母音（元音）是根據天、地、人的原理創制，子音（輔音）則以牙、舌、唇、齒、喉五大發音器官而創制，可說是以陰陽五行的思想原理來創制。

　　最初創制有 28 個字母，母音部分為：˙、ㅏ、ㅑ、ㅓ、ㅕ、ㅗ、ㅛ、ㅜ、ㅠ、ㅡ、ㅣ，共 11 個。子音部分為：ㄱ、ㄴ、ㄷ、ㄹ、ㅁ、ㅂ、ㅅ、ㅇ、ㅈ、ㅊ、ㅋ、ㅌ、ㅍ、ㅎ、ㅿ、ㆁ、ㆆ，共 17 個。

　　但是隨著韓語音韻結構的變化，有 4 個音消失，於是今天使用的基礎字母只有 24 個。這 24 個基礎字母相互組合就構成了今天韓文字母表的 40 個字母。這 40 個字母即，母音：ㅏ、ㅑ、ㅓ、ㅕ、ㅗ、ㅛ、ㅜ、ㅠ、ㅡ、ㅣ、ㅐ、ㅒ、ㅔ、ㅖ、ㅘ、ㅙ、ㅚ、ㅝ、ㅞ、ㅟ、ㅢ，共 21 個。子音：ㄱ、ㄲ、ㄴ、ㄷ、ㄸ、ㄹ、ㅁ、ㅂ、ㅃ、ㅅ、ㅆ、ㅇ、ㅈ、ㅉ、ㅊ、ㅋ、ㅌ、ㅍ、ㅎ，共 19 個。

Chapter 1.
韓語文字的組成結構

　　韓國文字的組成可分為「子音」（初聲）、「母音」（中聲）、「收尾音」（終聲），而韓語的發音就如韓文字的組成一樣，可分為「初聲」、「中聲」、「終聲」。

　　韓國文字結構為「子音（初聲）＋母音（中聲）」或是「子音（初聲）＋母音（中聲）＋收尾音（終聲）」，整理如下：

1. 子音＋母音

2. 子音＋母音＋收尾音（子音）

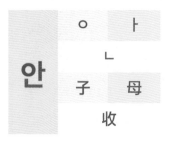

韓語誕生的背景與特徵

　　韓文字是在朝鮮時代由第四代國王世宗大王（1418 年至 1450 年在位）所發明的文字。朝鮮在還未發明韓文字前，講的話是韓語，但書寫文字卻是漢字，換句話說，口說與文字各有一套，相當不一致。當時只有「兩班」，也就是貴族及知識份子才能接受正規教育的權利，庶民沒什麼機會受教育，因此幾乎不識字，進而產生文化斷層。世宗大王深深感受到擁有屬於自己的文字的重要性，因為只有擁有自己的文字，韓國文化才能被留傳並讓全世界的人認識。然而，文字的發明是一件浩大的工程，終於，他在 1443 年正式創制，並於 1446 年頒布使用。韓文字發明之後，貴族和庶民之間不僅能用口說，更能用文字溝通，若沒有韓文字，階層間的確有著一層隔閡。

　　韓文字的筆畫雖看來簡單，卻隱藏著很深的含意。韓文字的基本母音形狀代表「天」、「地」、「人」，有宇宙自然法則的意義。其中，「·」代表「天」或「太陽」，橫線「一」代表「地」，直線「丨」則是「人」。韓文字中子音的寫法，都是依據發出子音時的嘴型或舌頭的形狀而設計出來  的。韓文字的基本字母分別有 10 個母音、14 個子音，因為韓文字使用很少的音節，就能表達出任何聲音，可說是非常科學的語言之一。

Chapter 2.

韓語語順 ··· MP3-01

韓語順序語順與中文大不相同，以下為韓語及中文語順的對照，以及韓語的特徵。

1. 韓語順序：主詞＋受詞＋動詞

❶ （韓語）我＋人＋是 ／ （中文）我＋是＋人

나 + 사람 + 이에요　　　　나 + (이) 에요 + 사람

[na sa-lam i-e-yo]　　　　[na (i)-ye-yo sa-lam]

❷ （韓語）我＋飯＋吃 ／ （中文）我＋吃＋飯

나 + 밥 + 먹어요　　　　나 + 먹어요 + 밥

[na bap meo-geo-yo]　　　　[na meo-geo-yo bap]

❸ （韓語）我＋你＋愛 ／ （中文）我＋愛＋你

나 + 너 + 사랑해　　　　나 + 사랑해 + 너

[na neo sa-lang-hae]　　　　[na sa-lang-hae neo]

2. 韓語主格的省略 ··· MP3-02

在韓語對話中，當説話者及聽話者之間對狀況都清楚的情況下，可省略主格「我」與受格「你 / 妳」。

● **사랑해요 .**　　[sa-lang-hae-yo] 我愛你。

　　　　　　　　[(jeo) ＋ (dang-sin) ＋ sa-lang-hae-yo]

　　　　　　　　(저) ＋ (당신) ＋사랑해요 .

● 고마워요 .　　[go-ma-wo-yo] 謝謝你。

　　　　　　　[(jeo) + (dang-sin) + go-ma-wo-yo]

　　　　　　　(저) + (당신) ＋고마워요 .

3. 韓語動詞、形容詞的語尾變化 ►►► MP3-03

　　韓語動詞及形容詞皆有基本形（原形），基本形動詞及形容詞皆分為語幹與語尾。語幹為單字的頭部，不會改變；而語尾部分則會依照表達方式隨之改變。表達時態（過去式、現在式、未來式）、敬語等，都會換掉動詞及形容詞的語尾。

❶ 動詞基本形：가다 [ga-da] 去；走

| 敬語（格式體） | → 갑니다 [gam-ni-da] / 가십니다 [ga-sim-ni-da] |
| 敬語（非格式體） | → 가요 [ga-yo] / 가세요 [ga-se-yo] |

　① （我）回家：　　　(나) 집에 가다 [(na) ji-be ga-da]
　　（格式體敬語）　→ 집에 갑니다 [ji-be gam-ni-da]
　　（非格式體敬語）→ 집에 가요 . [ji-be ga-yo]

　② （我）上班：　　　(나) 회사에 가다 [(na) hoe-sa-e ga-da]
　　（格式體敬語）　→ 회사에 갑니다 [hoe-sa-e gam-ni-da]
　　（非格式體敬語）→ 회사에 가요 [hoe-sa-e ga-yo]

❷ 形容詞原形：예쁘다 [ye-bbeu-dda] 漂亮

| 敬語（格式體） | → 예쁩니다 [ye-bbeum-ni-da] |
| 敬語（非格式體） | → 예뻐요 [ye-bbeo-yo] / 예쁘세요 [ye-bbeu-se-yo] |

　① 衣服很漂亮：　　　옷 예쁘다 [ot ye-bbeu-dda]
　　敬語（格式體）　→ 옷 예쁩니다 [ot ye-bbeum-ni-da]
　　敬語（非格式體）→ 옷 예뻐요 [ot ye-bbeo-yo]

　② 髮型很漂亮：　　　머리 예쁘다 [meo-li ye-bbeu-dda]
　　敬語（格式體）　→ 머리 예쁩니다 [meo-li ye-bbeum-ni-da]
　　敬語（非格式體）→ 머리 예뻐요 [meo-li ye-bbeo-yo]

「韓語」就是這麼不一樣

　　韓國因為長期受儒家思想影響，因此在生活中對長幼關係有嚴格的規範，而韓語也同樣會因為說話對象的身分與年紀之不同，而有「敬語」跟「半語」的分別。拿年齡來說，就算兩人之間僅只相差一歲，也會有上下關係之分。因此，在韓國人的觀念上，所謂「朋友」（친구；[chin-gu]）關係，通常要相同年紀才能成立。再來，晚輩對長輩打招呼的時候，必須以點頭或鞠躬來表達尊敬，彼此之間交接東西時，晚輩要用雙手來接。

　　前面提到，韓語大致可分為「敬語」（존댓말；[jon-daen-mal]）和「半語」（낮춤말；[nat-chum-mal]）。敬語又分為「謙讓語」（겸양어；[gyeo-myang-eo]）及「尊稱語」（높임말；[no-pim-mal]）兩種。而謙讓語和敬語可分為「格式體」（격식체；[gyeok-sik-che]）及「非格式體」（비격식체；[bi-gyeok-sik-che]）。

Chapter 1

기본대화

[gi-bon-dae-hwa]
基本會話

【 開朗歐巴告訴你：韓國的聚餐文化 】

打招呼及問候是旅行中可以與當地人拉近距離的最佳利器，在韓劇中或到韓國旅遊時，常常可以聽到男生稱呼比自己年長的男性為「형」[hyeong]（兄、哥哥），女性為「누나」[nu-na]（姊姊），而女生則稱呼比自己年長的男性為「오빠」[o-bba]（哥哥），女性為「언니」[eon-ni]，這是因為韓國是個十分注重長幼有序的國家，特別是認識新的朋友，通常會先了解對方的年紀，這樣才知道如何稱呼對方。雖然韓國人對外國人不會有這樣的要求，但學會基本的問候語，到韓國用韓語與當地人打交道，一定能讓他們倍感親切。這個單元將會告訴大家許多不同的問候及招呼語，讓大家到韓國旅遊時，能用這些與當地人拉近彼此的距離喔！

01 첫 만남

[cheon man-nam] 初次見面 ⋯ MP3-04

說明 在韓國最常聽到的問候為「안녕」[an-nyeong]，其漢字為「安寧」，意思是「你好」。更多韓國人常用的問候語一一整理如下。

[開朗歐巴的꿀팁]

💬 **안녕하세요 ?**
[an-nyeong-ha-se-yo] （敬語）您好 ？

💬 **반가워요 .**
[ban-ga-wo-yo] （敬語）很高興見到你。

▶ 一起說說看 !

A : **안녕하세요 ?** [an-nyeong-ha-se-yo] 您好 ？

B : **안녕하세요 ?** [an-nyeong-ha-se-yo] 您好 ？

▶ 一起說說看 !

A : **안녕하세요 ?** [an-nyeong-ha-se-yo] 您好 ？

B : **반가워요 .** [ban-ga-wo-yo] 很高興見到你。

02 감사표현

[gam-sa-pyo-hyeon] 表達謝意 ▸▸ MP3-05

❶ **감사해요 .** [gam-sa-hae-yo] 感謝您。

> 說明 韓語中表達謝意的用詞，可分為正式用詞與非正式用詞。「감사해요」
> [gam-sa-hae-yo]（感謝）是屬於正式用詞，如在頒獎典禮或廣播等場
> 合時使用。一般感謝的用詞「고마워요」[go-ma-wo-yo]（謝謝），是
> 在日常生活中表達謝意的時候使用。

[開朗歐巴的꿀팁]

💬 **고마워요 .** [go-ma-wo-yo]（非格式體）謝謝您。

💬 **감사해요 .** [gam-sa-hae-yo]（非格式體）感謝您。

💬 **감사합니다 .** [gam-sa-ham-ni-da]（格式體）感謝您。

▶ 一起說說看！

A：**고마워요 .** [go-ma-wo-yo] 謝謝您。

B：**아니에요 .** [a-ni-e-yo] 不客氣。

▶ 一起說說看！

A：**축하해요 .** [chu-ka-hae-yo] 恭喜您。

B：**감사해요 .** [gam-sa-hae-yo] 謝謝您。

❷ 잘 V + ㄹ / 을게요 [jal V + l / eul-ge-yo] 我會珍惜地 / 好好地……

> 說明 當接受他人給予的物品，想表達感激及珍惜時，可以在動詞前加上「잘」
> [jal]。「잘」是副詞，意思是「好好地」、「非常地」。這個句型在間
> 接表達感謝時經常會用到。
> ●有收尾音的動詞＋을게요 [eul-ge-yo]
> ●無收尾音的動詞＋ㄹ게요 [l-ge-yo]

食物類 / **잘 먹을게요 .** [jal meo-geul-ge-yo] 好好享用。（吃）

（吃：먹다 [meok-dda] → 먹＋을게요＝먹을게요）

飲料類 / **잘 마실게요 .** [jal ma-sil-ge-yo] 好好享用。（喝）

（喝：마시다 [ma-si-da] → 마시＋ㄹ게요＝마실게요）

一般東西 / **잘 쓸게요 .** [jal sseul-ge-yo] 珍惜使用。

（使用：쓰다 [sseu-da] → 쓰＋ㄹ게요＝쓸게요）

▶ 一起說說看！

A：**이거 드세요 .** [i-geo deu-se-yo] （送蛋糕類時）請嚐嚐這個。

B：**잘 먹을게요 .** [jal meo-geul-ge-yo] 我會好好享用。

▶ 一起說說看！

A：**이거 대만 녹차예요 .** [i-geo dae-man nok-cha-ye-yo] 這是臺灣綠茶。

B：**잘 마실게요 .** [jal ma-sil-ge-yo] 我會好好享用。

03 환영

[hwa-nyeong] 歡迎 ▸▸▸ MP3-06

> 説明 韓語的歡迎用詞與中文非常相近，通常使用的是「歡迎到來」或「來得正好」等説法。一般服務單位常用的是前者，「歡迎到來」也就是去韓國時常會聽到的「어서 오세요」[eo-seo o-se-yo]，聽起來比較商業風味。當然，在韓國，醫院或藥局等地方也都不説歡迎詞。

[開朗歐巴的꿀팁]

💬 **환영해요 .**
  [hwa-nyeong-hae-yo] （非格式體）歡迎您來。

💬 **어서 오세요 .**
  [eo-seo o-se-yo] 歡迎到來；歡迎光臨。

▶ 一起説説看！

A : 환영해요 . [hwa-nyeong-hae-yo] 歡迎您來。

B : 초대 감사해요 . [cho-dae gam-sa-hae-yo] 謝謝您的邀請。

▶ 一起説説看！

A : 어서 오세요 . [eo-seo o-se-yo] 歡迎光臨。

B : 자리 있어요 ? [ja-li i-sseo-yo] 有位子嗎？

Chapter 1

01 初次見面

02 表達謝意

03 歡迎

04 歡送

05 道別

💬 **잘 왔어요 .** （對同輩或晚輩）

[jal wa-sseo-yo] 來得（正）好。

💬 **잘 오셨어요 .** （對長輩或多數人）

[jal o-syeo-sseo-yo] 來得好。

▶ 一起說說看！

A : **잘 오셨어요 .** [jal o-syeo-sseo-yo] 來得好。

B : **감사해요 .** [gam-sa-hae-yo] 謝謝您。

訪客有長途旅程時

💬 **오신다고 고생했어요 .**

[o-sin-da-go go-saeng-hae-sseo-yo] （感謝您）辛苦前來。

▶ 一起說說看！

A : **오신다고 고생했어요 .**

[o-sin-da-go go-saeng-hae-sseo-yo] （感謝您）辛苦前來。

B : **아니에요 . 괜찮아요 .** [a-ni-e-yo. gwaen-cha-na-yo] 不會，沒關係。

04 환송

[hwan-song] 歡送 ››› MP3-07

> 說明 韓語中「見面」是以「만나요」[man-na-yo] 這個動詞做為代表，當然
> 也可以與「봐요」[bwa-yo]（看見）這個動詞一起使用。因此當表達「下
> 次見」或「再見」時，就可以用「다음에 만나요」[da-eu-me man-na-yo]
> 或「다음에 봐요」[da-eu-me bwa-yo]。

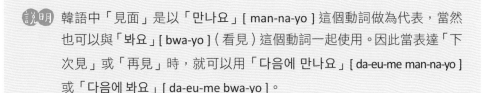

[開朗歐巴的꿀팁]

再見

🗨 **내일 봐요 .** [nae-il bwa-yo] 明天見（看）。

🗨 **다음에 만나요 .** [da-eu-me man-na-yo] 下次見（面）。

保持聯絡

🗨 **연락해요 .** [yeol-la-kae-yo] 保持聯絡。

▶ 一起說說看！

A：**안녕히 가세요 .** [an-nyeong-hi ga-se-yo] 請慢走。

B：**안녕히 계세요 .** [an-nyeong-hi gye-se-yo] 請留步。

▶ 一起說說看！

A：**다음에 만나요 .** [da-eu-me man-na-yo] 下次見面。

B：**그래요 .** [geu-lae-yo] 好的。

　　우리 연락해요 . [u-li yeol-la-kae-yo] 我們保持聯絡。

01 첫만남　02 감사표현　03 환영　04 환송　05 작별

05 작별

[jak-byeol] 道別 ·· MP3-08

> **說明** 韓語的道別有分留步的人（主人）跟離開的人（客人），兩者的立場不同，所以「主人對客人說的」跟「客人對主人說的」道別句也不一樣。但一般日常對話中較常見的道別則通用，例如「또 봐요」[tto bwa-yo]（再見）、「다음에 봐요」[da eu-me bwa-yo]（下次見）、「연락해요」[yeol-la-kae-yo]（保持聯絡）等。不過在臺灣常用的「Bye-bye」（掰掰）在韓國則不會使用。

[開朗歐巴的꿀팁]

💬 **안녕히 가세요 .**

[an-nyeong-hi ga-se-yo]　（主人對客人）請慢走。

💬 **안녕히 계세요 .**

[an-nyeong-hi gye-se-yo]　（客人對主人）請留步。

▶ 一起說說看！

A : **안녕히 가세요 .** [an-nyeong-hi ga-se-yo]　（主人對客人）請慢走。

B : **건강하세요 .** [geon-gang-ha-se-yo]　祝你身體健康。

▶ 一起說說看！

A : **공항버스 왔어요 .** [gong-hang-beo-seu wa-sseo-yo]　機場巴士來了。
　　안녕히 계세요 . [an-nyeong-hi gye-se-yo]　（對主人）請留步。

B : **예 , 안녕히 가세요 .** [ye, an-nyeong-hi ga-se-yo]　好，（對客人）請慢走。

★ **공항버스** [gong-hang-beo-seu] 機場巴士

韓國的聚餐文化

　　我們可以從韓劇或韓綜上看到，在韓國不論是長輩對晚輩，還是前輩對後輩，只要是年齡、地位稍有不同，在相處之間的言行都較嚴謹。例如當晚輩要遞交物品給長輩時，必須用雙手傳遞，而要為長輩（前輩）斟酒或飲料，還有接酒或飲料時，也都必須用雙手承接。這樣長幼尊卑的表達方式，是因為韓國深受儒家思想影響所形成。

　　另一個長輩（前輩）與晚輩的獨特文化，就是「請客文化」。在韓國和長輩（前輩）一起出去用餐時，大多是由長輩（前輩）請客，這樣不僅有長輩（前輩）很照顧晚輩的感覺，同時更是讓長輩（前輩）展現權力、財富的象徵。由於在韓國的聚會通常會有二到三攤，在第一攤用完餐後，續攤時晚輩們會馬上回請，這也充分體現不同輩分之間情感交流的文化。

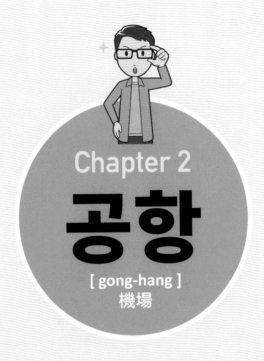

Chapter 2

공항

[gong-hang]
機場

【開朗歐巴告訴你：韓國主要國際機場】

近年來，有不少旅客到了韓國不會只在單一景點旅遊，有些會選擇從首爾到釜山、大邱、濟州島，甚至到蔚山、麗水等地，做雙城或是三城旅行，因此利用韓國國內機場的機會也大大增加。目前韓國有 7 個國內機場，分別是群山、麗水、浦項、蔚山、原州、泗川、光州，而韓國 7 個國際機場都有國內線班機可以直接轉機，唯獨仁川機場國內線班機僅提供給搭乘國際線到韓國的旅客轉機使用，因此轉機時要特別注意。

　　本單元整理了在機場辦理出入境手續時、以及需要機內服務時會用到的韓語。為了更迅速、且用更正確的資訊來解決問題，可以挑戰用韓語與韓國航空公司人員溝通。機場中常用的單字以外來語居多，所以也可以透過英文來記住關鍵單字。

Chapter 2

06 機場櫃檯

07 機內

08 入境

09 出境

10 遺失行李

11 免稅店

06 공항 카운터

[gong-hang ka-un-teo] 機場櫃檯 ··· MP3-09

> 説明 本章節，為在韓國國際或國內機場櫃檯辦報到手續時，常會用到的韓語。航空公司員工一定會跟乘客確認班機的目的地，以及拿護照等文件做確認。記住以下會話，便能輕鬆從容地用韓語在機場做溝通。

[開朗歐巴的꿀팁]

💬 국제선 타요 . [guk-je-seon ta-yo] （我）搭國際線。

💬 국내선 타요 . [gung-nae-seon ta-yo] （我）搭國內線。

💬 몇 번 카운터예요 ? [myeot beon ka-un-teo-ye-yo] 幾號櫃檯？

💬 카운터 어디예요 ? [ka-un-teo eo-di-ye-yo] 櫃檯在哪裡？

代表句型	○○○○○ 어떻게 가요 . [○○○○○ eo-ddeo-ke ga-yo] 要怎麼去○○○○○。

▶ 單字

🍯 **국제선**
[guk-je-seon]
國際線

🍯 **국제공항**
[guk-je-gong-hang]
國際機場

🍯 **국내선**
[gung-nae-seon]
國內線

🍯 **국내공항**
[gung-nae-gong-hang]
國內機場

🍯 **카운터**
[ka-un-teo]
櫃檯

🍯 **카트 / 손수레**
[ka-teu / son-su-le]
推車 / 手推車

Chapter 2

06 공항 카운터

07 기내

08 입국

09 출국

10 수하물 분실

11 면세점

▶ 一起説説看！

A : **한국항공 몇 번 카운터에 있어요？**

　　[han-gu-kang-gong myeot beon ka-un-teo-e i-sseo-yo] 韓國航空在幾號櫃檯？

B : **1 번 카운터에 있어요 .** [il-beon ka-un-teo-e i-ssoe-yo] 在 1 號櫃檯。

代表
句型
○○○○○ 가요 .
[○○○○○ ga-yo] 我去○○○○○。

▶ 單字

🐾 **대만**

[dae-man]
臺灣（漢字發音）

　= **타이완**

[ta-i-wan]
臺灣（英文發音）

🐾 **서울 (김포)**

[seo-ul (gim-po)]
首爾（金浦）

🐾 **부산 (김해)**

[bu-san (gim-hae)]
釜山（金海）

🐾 **타이베이**

[ta-i-be-i]
臺北

🐾 **가오슝**

[ga-o-syung]
高雄

🐾 **대구**

[dae-gu]
大邱

🐾 **제주**

[je-ju]
濟州

🐾 **쑹산**

[ssung-san]
松山

🐾 **서울 (인천)**

[seo-ul (in-cheon)]
首爾（仁川）

▶ 一起説説看！

A : **어디 가세요？** [eo-di ga-se-yo] 請問去哪裡？

B : **타이베이 가요 .** [ta-i-be-i ga-yo] 去臺北。

Chapter 2

06 機場櫃檯

07 機內

08 入境

09 出境

10 遺失行李

11 免稅店

代表句型

○○○○○ 주세요 .

[○○○○○ ju-se-yo] 請給我○○○○○。

▶ 單字

✦ 여권

[yeo-gwon]
護照

✦ 여권번호

[yeo-gwon-beon-ho]
護照號碼

✦ 티켓번호

[ti-ket-beon-ho]
機票號碼

✦ 예약번호

[ye-yak-beon-ho]
預約號碼

▶ 一起説説看！

A（員工）：**여권 주세요 .** [yeo-gwon ju-se-yo] 請給我護照。

B（乘客）：**여기 있어요 .** [yeo-gi i-sseo-yo] 在這裡。

A（員工）：**티켓번호 주세요 .** [ti-ket-beon-ho ju-se-yo] 請給我機票號碼。

B（乘客）：**예 , 여기요 .** [ye, yeo-gi-yo] 好，在這裡。

代表句型	○○○○○ 올려 주세요 . [○○○○○ ol-lyeo ju-se-yo] 請把○○○○○放上來。

▶ **單字**（行李箱有 3 種，可以混合使用）

👆 **캐리어** (外來語)
[kae-li-eo]
行李箱

👆 **수하물**
[su-ha-mul]
隨身行李（手荷物）

👆 **짐가방**
[jim-ga-bang]
行李

▶ **一起說說看！**

A : **수하물 있어요 ?** [su-ha-mul i-sseo-yo] 有隨身行李嗎？

B : **예 , 있어요 .** [ye, i-sseo-yo] 是的，有。

A : **올려 주세요 .** [ol-lyeo ju-se-yo] 請放上來。

　　 수하물 확인해 주세요 . [su-ha-mul hwa-gin-hae ju-se-yo] 請確認隨身行李。

▶ **一起說說看！**

A : **수하물 올려 주세요 .** [su-ha-mul ol-lyeo ju-se-yo] 請把行李放上來。

B : **예 , 하나 있어요 .** [ye, ha-na i-sseo-yo] 好，有一個。

A : **무게 초과했어요 .** [mu-ge cho-gwa-hae-sseo-yo] 行李超重了。

Chapter 2

06 機場櫃檯

07 機內

08 入境

09 出境

10 遺失行李

11 免稅店

07 기내

[gi-nae] 機內 ··· MP3-10

說明 近年往返韓國與臺灣的韓籍航空，機內幾乎都有中文廣播，但若有基本韓語表達能力，可以更迅速地讓空服員提供服務。除了點機內餐之外，當需要特殊服務或幫忙時，若能用韓語表達的話，會更加確實。

[開朗歐巴的꿀팁]

💬 **안전벨트 매 주세요 .**

[an-jeon-bel-teu mae ju-se-yo] 請繫安全帶。

💬 **앉아 주세요 .**

[an-ja ju-se-yo] 請坐下。

代表句型　○○○○○ **주세요 .**

[○○○○○ ju-se-yo] 請給我○○○○○。

▶ 單字

👆**음료**
[eum-nyo]
飲料

👆**오렌지 주스**
[o-len-ji ju-seu]
柳橙汁

👆**사과 주스**
[sa-gwa ju-seu]
蘋果汁

👆**커피**
[keo-pi]
咖啡

👆**차**
[cha]
茶

▶ 單字

음식
[eum-sik]
飲食

소고기
[so-go-gi]
牛肉

돼지고기
[dwae-ji-go-gi]
豬肉

닭고기
[dak-go-gi]
雞肉

볶음밥
[bo-ggeum-bap]
炒飯

볶음면
[bo-ggeum-myeon]
炒麵

스파게티
[seu-pa-ge-ti]
義大利麵

오믈렛
[o-meul-let]
歐姆蛋

채식
[chae-sik]
素食

채식주의자 / 베지테리언
[chae-sik-ju-ui-ja / be-ji-te-li-eon]
素食主義

▶ 一起説説看！

A : **뭐 필요하세요 ?** [mwo pi-lyo-ha-se-yo] 請問需要什麼？

B : **닭고기 주세요 .** [dak-go-gi ju-se-yo] 請給我雞肉。

06 공항 카운터

07 기내

08 입국

09 출국

10 수하물 분실

11 면세점

代表句型

○○○○○ 있어요 ?

[○○○○○ i-sseo-yo] 請問有○○○○○嗎 ?

▶ 單字

🖐 입국 신고서
[ip-guk sin-go-seo]
入境登記卡

🖐 면세품 신고서
[myeon-se-peum sin-go-seo]
免稅品申報單

🖐 담요 *
[dam-nyo]
毛毯 (* 注意發音變化)

🖐 헤드폰
[he-deu-pon]
耳機

🖐 휴지
[hyu-ji]
衛生紙

▶ 一起説説看！

A : 담요 있어요 ? [dam-nyo i-sseo-yo] 有毛毯嗎 ？

B : 예 , 잠시만요 . [ye, jam-si-ma-nyo] 是，請稍等。

代表句型

○○○ 고장났어요 . [○○○ go-jang-na-sseo-yo] ○○○故障了。

○○○ 안 돼요 . [○○○ an duae-yo] ○○○無法使用。

▶ 單字

🖐 안전벨트
[an-jeon-bel-teu]
安全帶

🖐 테이블
[te-i-beul]
餐桌

🖐 시트 / 의자
[si-teu / ui-ja]
座椅 / 椅子

🖐 에어컨
[e-eo-keon]
冷氣

🖐 램프
[laem-peu]
燈

🖐 스크린
[seu-keu-lin]
螢幕

▶ 一起説説看！

A : 테이블 고장났어요 . [te-i-beul go-jang-na-sseo-yo] 餐桌故障了。

B : 예 , 한번 볼게요 . [ye, han-beon bol-ge-yo] 好，幫您看看。

08 입국

[ip-guk] 入境 ··· MP3-11

> 說明 韓國的入境流程跟臺灣大同小異。若不是使用自動通關，就需要了解入境韓國時會使用的韓語，有助於讓整個入境過程更加順暢。

[開朗歐巴的꿀팁]

💬 **손가락 올리세요 .** [son-ga-lak ol-li-se-yo] 請放上手指。

💬 **지문 검색대에 손가락 올리세요 .**
[ji-mun geom-saek-dae-e son-ga-lak ol-li-se-yo]
請把手指放在指紋感應器上。

💬 **카메라 보세요 .** [ka-me-la bo-se-yo] 請看鏡頭。

▶ 單字 入境手續

👆 **입국수속**
[ip-guk-su-sok]
入境手續

↔ **출국수속**
[chul-guk-su-sok]
出境手續

👆 **외국인**
[oe-gu-gin]
外國人

↔ **내국인**
[nae-gu-gin]
本國人

👆 **한국인**
[han-gu-gin]
韓國人

👆 **외국인 입국심사대**
[oe-gu-gin ip-guk-sim-sa-dae]
外國人入境審查櫃檯

👆 **지문 검색대**
[ji-mun geom-saek-dae]
指紋感應器

👆 **손가락**
[son-ga-lak]
手指

👆 **검지 손가락**
[geom-ji son-ga-lak]
食指

👆 **여권**
[yeo-gwon]
護照

👆 **탑승권 / 보딩패스**
[tap-seung-gwon /
bo-ding-pae-seu]
登機證（boarding pass）

06 공항 카운터
07 기내
08 입국
09 출국
10 수하물 분실
11 면세점

Chapter 2

06 機場櫃檯

07 機內

08 入境

09 出境

10 遺失行李

11 免稅店

▶ **單字** 入境手續

🔥 **세관휴대품신고서**
[se-gwan-hyu-dae-
pum-sin-go-seo]
海關攜帶物申報單

🔥 **검역질문서**
[geo-myeok-jil-mun-seo]
疾病調查單
（檢疫質問書）

▶ **一起説説看！**

A : **어디에서 입국수속해요？**

[eo-di-e-seo ip-guk-su-so-kae-yo] 請問在哪裡辦入境手續？

B : **외국인 입국심사대 줄 서세요．**

[oe-gu-gin ip-guk-sim-sa-dae jul seo-se-yo] 請在外國人入境審查櫃檯排隊。

▶ **一起説説看！**

A : **여권 주세요．** [yeo-gwon ju-se-yo] 請給我護照。

손가락 올리세요． [son-ga-lak ol-li-se-yo] 請放上手指。

B : **검지요？** [geom-ji-yo] 放食指嗎？

A : **예．** [ye] 是的。

카메라 보세요． [ka-me-la bo-se-yo] 請看鏡頭。

09 출국

[chul-guk] 出境 ⋯ MP3-12

06 공항 카운터

07 기내

08 입국

09 출국

10 수하물 분실

11 면세점

> **說明** 從韓國機場出境時，除了到機場櫃檯報到之外，亦得多留意出境文件、攜帶物品等。本章節列出韓國出境時相關的單字及句型。

[開朗歐巴的꿀팁]

- 💬 **어디 가세요?** [eo-di ga-se-yo] 您去哪裡？
  - → **대만 가요.** [dae-man ga-yo] 我去臺灣。
  - → **대만 돌아가요.** [dae-man do-la-ga-yo] 我回去臺灣。
  - → **대만 다시 돌아가요.** [dae-man da-si do-la-ga-yo] 我回到臺灣去。
- 💬 **물건 올려 주세요.** [mul-geon ol-lyeo ju-se-yo] 請把東西放上來。
- 💬 **가방 한번 볼게요.** [ga-bang han-beon bol-ge-yo] 讓我檢查一下包包。
- 💬 **팔 들어 주세요.** [pal deu-leo ju-se-yo] 請舉起雙臂。

▶ 一起說說看！

A : **어디 가세요?** [eo-di ga-se-yo] 請問去哪裡？

B : **대만 가요.** [dae-man ga-yo] （我）去臺灣。

▶ 單字

✋벨트
[bel-teu]
皮帶

✋동전
[dong-jeon]
零錢

✋동전지갑
[dong-jeon-ji-gap]
零錢包

✋액체
[aek-che]
液體

✋물
[mul]
水

✋음료수
[eum-nyo-su]
飲料

Chapter 2

06 機場櫃檯

07 機內

08 入境

09 出境

10 遺失行李

11 免稅店

▶ 單字

🔥 충전기
[chung-jeon-gi]
充電器

🔥 베터리
[be-teo-li]
電池

🔥 라이터
[la-i-teo]
打火機

[開朗歐巴的꿀팁]

💬 여권하고 보딩패스 주세요 .

[yeo-gwon-ha-go bo-ding-pae-seu ju-se-yo]

請給我護照及登機證。

▶ 單字

🔥 탑승구 / 게이트
[tap-seung-gu /
ge-i-teu]
登機口

🔥 세금
[se-geum]
稅金

🔥 사후면세
[sa-hu-myeon-se]
退稅（Tax Refund）

🔥 카운터
[ka-un-teo]
櫃檯（服務台）

🔥 무인 카운터
[mu-in ka-un-teo]
電腦退稅系統櫃檯
（無人櫃檯）

▶ 一起說說看！

A : 택스리펀드（Tax Refund） 받고 싶어요 .

[taek-seu-li-peon-deu bat-go si-peo-yo] 我想要辦退稅。

B : 무인 카운터 이용하세요 .

[mu-in ka-un-teo i-yong-ha-se-yo] 請使用電腦退稅系統。

A : 무인 카운터 어디 있어요 ?

[mu-in ka-un-teo eo-di i-sseo-yo] 退稅系統電腦在哪裡？

B : 27 번 게이트 근처에 있어요 .

[i-sip-chil-beon ge-i-teu geun-cheo-e i-sseo-yo] 在 27 號登機門附近。

Chapter 2

06 공항 카운터

07 기내

08 입북

09 출국

10 수하물 분실

11 면세점

<table>
<tr><td>代表
句型</td><td>○○○○○ 빼 주세요 .
[○○○○○ bbae ju-se-yo] 請拿出○○○○○。</td></tr>
</table>

▶ 單字

👆 **테블릿 PC**
[te-beul-lit pi-si]
平板電腦
（ tablet PC ）

👆 **노트북**
[no-teu-buk]
筆電
（ notebook ）

👆 **동전**
[dong-jeon]
零錢

👆 **휴대폰**
[hyu-dae-pon]
手機

▶ 一起説説看！

A : **휴대폰 빼 주세요 .**

[hyu-dae-pon bbae ju-se-yo] 請將手機拿出來。

B : **다 뺐어요 .**

[da bbae-sseo-yo] 都拿出來了。

Chapter 2

06 機場櫃檯

07 機內

08 入境

09 出境

10 遺失行李

11 免稅店

10 수하물 분실

[su-ha-mul bun-sil] 遺失行李 ›› MP3-13

說明 在機場遺失重要文件或行李怎麼辦？本章節提供關鍵單字與句型，助您順利找回遺失物品。

代表句型

제 ○○○○○ 없어졌어요 .
[je ○○○○○ eop-seo-jyeo-sseo-yo] 我的○○○○○不見了。

▶ 單字

👆여권
[yeo-gwon]
護照

👆지갑
[ji-gab]
錢包

👆휴대폰
[hyu-dae-pon]
手機

👆우산
[u-san]
雨傘

👆탑승권 / 보딩패스
[tap-seung-gwon /
bo-ding-pae-seu]
登機證（boarding pass）

👆핸드백
[haen-deu-
baek]
手提包

👆짐가방 / 수하물
[jim-ga-bang / su-ha-mul]
行李（手荷物）

▶ 一起說說看！

A : 제 짐가방 없어졌어요 . [je jim-ga-bang eop-seo-jyeo-sseo-yo] 我的行李不見了。

B : 무슨 모양이에요 ? [mu-seun mo-yang-i-e-yo] 什麼樣子的行李箱呢？

A : 검정색 큰 가방이에요 .

[geom-jeong-saek keun ga-bang-i-e-yo] 是黑色大行李箱。

Chapter 2

06 공항 카운터

07 기내

08 입국

09 출국

10 수하물 분실

11 면세점

[開朗歐巴的꿀팁]

💬 짐 안 나왔어요 .

[jim an na-wa-sseo-yo] 我行李還沒出來。

💬 짐 확인해 주세요 .

[jim hwa-gin-hae ju-se-yo] 請幫我確認我行李。

▶ 單字

🔥 수하물 태그 (tag)
번호

[su-ha-mul tae-geu beon-ho]
行李牌號碼

🔥 수하물 색깔 / 짐 색깔

[su-ha-mul saek-ggal /
jim saek-ggal]
行李顏色

🔥 작은 수하물

[ja-geun su-ha-mul]
小型行李

🔥 중간 수하물

[jung-gan su-ha-mul]
中型行李

🔥 큰 수하물

[keun su-ha-mul]
大型行李

🔥 검정색

[geom-jeong-saek]
黑色

🔥 갈색

[gal-saek]
棕色

🔥 파란색

[pa-lan-saek]
藍色

🔥 빨간색

[bbal-gan-saek]
紅色

🔥 분홍색

[bun-hong-saek]
粉紅色

🔥 노란색

[no-lan-saek]
黃色

▶ 一起說說看 !

A : 기내에 물건 두고 내렸어요 .

[gi-nae-e mul-geon du-go nae-lyeo-sseo-yo] （我）把東西遺留在飛機上了。

B : 보딩패스 있어요 ?

[bo-ding-pae-seu i-sseo-yo] 有登機證嗎？

A : 없어요 , 자리번호 ○○이에요 .

[eop-seo-yo, ja-li-beon-ho ○○ i-e-yo] 沒有。座號是○○。

B : 찾아 볼게요 . [cha-ja bol-ge-yo] 找找看。

Chapter 2

06 機場櫃檯

07 機內

08 入境

09 出境

10 遺失行李

11 免稅店

11 면세점

[myeon-se-jeom] 免税店 ►►► MP3-14

> **說明** 在免稅店購物時會用到的韓語跟在一般商店差不多，只有在結帳時，員工會要求確認護照及登機證。

[開朗歐巴的꿀팁]

🗨 **면세품 인도장 어디예요 ?**
[myeon-se-pum in-do-jang eo-di-ye-yo]
免税品提貨處在哪裡？

🗨 **공항 면세점 가야 해요 .**
[gong-hang myeon-se-jeom ga-ya hae-yo]
（我）要去機場免税店。

▶ 單字

👆 **면세점**
[myeon-se-jeom]
免税店

👆 **면세품**
[myeon-se-pum]
免税品

👆 **면세품 인도장**
[myeon-se-pum in-do-jang]
免税品提貨處（引渡場）

▶ 一起説説看！

A : **면세품 인도장 어디에 있어요 ?**
[myeon-se-pum in-do-jang eo-di-e i-sso-yo] 免税品提貨處在哪裡？

B : **8 번 게이트 옆에 있어요 .**
[pal-beon ge-i-teu ye-pe i-sso-yo] 在 8 號登機門旁邊。

Chapter 2

06 공항 카운터

07 기내

08 입국

09 출국

10 수하물 분실

11 면세점

<table>
<tr><td>代表
句型</td><td>○○○ 좀 보려는데요 .
[○○○ jom bo-lyeo-neun-de-yo] 我想看一下○○○。</td></tr>
</table>

▶ 單字

🖐 **지갑**
[ji-gap]
錢包

🖐 **벨트**
[bel-teu]
皮帶

🖐 **가방**
[ga-bang]
包包

🖐 **화장품**
[hwa-jang-pum]
化妝品

🖐 **향수**
[hyang-su]
香水

<table>
<tr><td>代表
句型</td><td>여기 ○○○ 있어요 ?
[yeo-gi ○○○ i-sseo-yo] 這裡有○○○嗎 ?</td></tr>
</table>

▶ 單字

🖐 **이거**
[i-geo]
這個（指示圖片）

🖐 **신상품**
[sin-sang-pum]
新商品

＝**신상** [sin-sang]
新商品（縮寫）

🖐 **인기상품**
[in-gi-sang-pum]
人氣商品

▶ 一起說說看 !

A（店員）：**어서 오세요 .** [eo-seo o-se-yo] 歡迎光臨。

B（客人）：**여기 이거 있어요 ?** [yeo-gi i-geo i-sseo-yo] 這裡有這個嗎 ?

A（店員）：**있어요 .** [i-sseo-yo] 有。

　　　　　잠시만요 . [jam-si-ma-nyo] 請稍等。

Chapter 2

06 機場櫃檯

07 機內

08 入境

09 出境

10 遺失行李

11 免稅店

▶ 一起說說看！

A（客人）：**이거 주세요 .**

[i-geo ju-seo-yo] 請給我這個（我要買這個）。

B（店員）：**탑승권 보여 주세요 .**

[tap-seung-gwon bo-yeo ju-se-yo] 請給我看登機證。

▶ **單字** 漢字語數字──貨幣單位、時間（月、日、分）

👆일	👆이	👆삼	👆사	👆오
[il]	[i]	[sam]	[sa]	[o]
一；1	二；2	三；3	四；4	五；5
👆육	👆칠	👆팔	👆구	👆십
[yuk]	[chil]	[pal]	[gu]	[sip]
六；6	七；7	八；8	九；9	十；10
👆백	👆천	👆만	👆십만	👆백만
[baek]	[cheon]	[man]	[sim-man]	[baeng-man]
百	千	萬	十萬	百萬

▶ **單字** 固有語數字──數量（量詞）、時間（時）

👆하나 / 한	👆둘 / 두	👆셋 / 세	👆넷 / 네	👆다섯
[ha-na / han]	[dul / du]	[set / se]	[net / ne]	[da-seot]
一	二	三	四	五
👆여섯	👆일곱	👆여덟	👆아홉	👆열
[yeo-seot]	[il-gop]	[yeo-deol]	[a-hop]	[yeol]
六	七	八	九	十

Chapter 2

06 공항 카운터

07 기내

08 입국

09 출국

10 수하물 분실

11 면세점

▶ **單字** 數量 —— 數字＋量詞

✋ **한 개**
[han gae]
一個

✋ **두 개**
[du gae]
二個

✋ **세 개**
[se gae]
三個

✋ **네 개**
[ne gae]
四個

▶ **單字** 時間

✋ **한 시**
[han si]
一點

✋ **두 시**
[du si]
二點

✋ **세 시**
[se si]
三點

✋ **네 시**
[ne si]
四點

▶ **一起說說看！**

A : **이거 두 개 주세요 .** [i-geo du-gae ju-seo-yo] 請給我兩個這個。

B : **예 , 여기 있어요 .** [ye, yeo-gi i-sseo-yo] 好，在這裡。

모두 오만 원이에요 . [mo-du o-ma nwon-i-e-yo] 總共五萬韓元。

▶ **一起說說看！**

A : **우리 몇 번 게이트예요 ?** [u-li myeot beon ge-i-teu-ye-yo] 我們是幾號登機門？

B : **123 번이에요 .** [bae-gi-sip-sam-beo-ni-e-yo] 是 123 號。

★ **123** [bae-gi-sip-sam] 一百二十三   ★ **번** [beon] 號（號碼）

▶ **一起說說看！**

A : **출발 시간 몇 시예요 ?** [chul-bal si-gan myeot si-ye-yo] 出發時間是幾點？

B : **3(세) 시 20(이십) 분이요 .** [se-si i-sip-bu-ni-yo] 是 3 點 20 分。

A.M.11:00

▶ 單字 序數詞

👆 **첫째**
[cheot-jjae]
第一

👆 **둘째**
[dul-jjae]
第二

👆 **셋째**
[set-jjae]
第三

👆 **넷째**
[net-jjae]
第四

👆 **다섯째**
[da-seot-jjae]
第五

👆 **여섯째**
[yeo-seot-jjae]
第六

👆 **일곱째**
[il-gop-jjae]
第七

👆 **여덟째**
[yeo-deol-jjae]
第八

👆 **아홉째**
[a-hop-jjae]
第九

👆 **열째**
[yeol-jjae]
第十

[開朗歐巴的꿀팁]

💬 **오늘 첫째 날이예요 .**
[o-neul cheot-jjae na-li-ye-yo] 今天是第一天。

💬 **여행 셋째 날에 대구 가요 .**
[yeo-haeng set-jjae na-le dae-gu ga-yo] 旅遊第三天去大邱。

💬 **저 첫째예요 .**
[jeo cheot-jjae-ye-yo] 我是老大（長子或長女）。

💬 **저 둘째예요 .**
[jeo dul-jjae-ye-yo] 我是排行第二（老二）。

06 공항 카운티

07 기내

08 일북

09 출국

10 수하물 분실

11 면세점

開朗歐巴告訴你

韓國主要國際機場

　　目前韓國的五大國際機場，由北到南分別為：仁川（인천）國際機場、首爾金浦（김포）機場、大邱（대구）國際機場、釜山金海（김해）機場、濟州（제주）國際機場。

仁川國際機場：

　　位於仁川市西岸永宗島，有第一航廈(1 여객터미널 [il-yeo-gaek-teo-mi-neol])、第二航廈(2 여객터미널 [i-yeo-gaek-teo-mi-neol])，以及在第一、第二航廈的中央獨棟的搭乘棟（탑승동 [tap-seung-dong])。每年仁川國際機場使用者將近 7,000 萬人次。它從 2001 年起正式啟用，代替金浦國際機場的國際航線地位。

金浦國際機場：

　　位於首爾市江西區，國內線及國際線為個別的獨立建築。每年營運量約 2,500 萬人次。金浦國際機場是啟用仁川國際機場之前，韓國代表的國際機場。

大邱國際機場：

　　位於大邱市的東北邊（東區），國內線及國際線都在同一棟建築內。每年營運量 400 萬人次以上。目前與軍事機場共用，所以有些地區限制拍照。

金海國際機場：

　　位於釜山市的西部地區（江西區），國內線及國際線為個別的獨立建築。每年營運量約 1,700 萬人次。目前與軍事機場共用，所以有些地區限制拍照。

濟州國際機場：

　　位於濟州市，國內線及國際線在同一棟建築內。每年營運量約 3,000 萬人次。

Chapter 3

교통

[gyo-tong]
交通

在韓國旅遊時，地鐵是最常使用的交通工具之一，因為可以節省時間，費用也便宜，因此受到旅客的喜愛。韓國有5大城市有地下鐵，如首爾（京畿道）、釜山、大邱、大田、光州等都有。韓國第一條地下鐵為1974年開通的首爾1號線，當時開通的地鐵站數為10個，至今過了40多年，已有超過800個站（延伸至仁川市及京畿道）。而第二大城釜山有117個站、大邱有57個站、大田有22個站、光州有20個站等。

地鐵雖然便利，但為了有不同的旅遊經驗，也為了可以多了解其他交通工具並加以體驗，所以若能學會基本會話，就可以發現搭乘市區公車或客運一點都不難，且能豐富整個旅遊過程。本單元中列出交通工具，同時整理了相關單字及句型，祝您旅遊順心。

Chapter 3

12 機場巴士

13 地下鐵

14 計程車

15 公車

16 韓國高鐵／火車

17 市區觀光巴士

12 공항버스

[gong-hang-beo-seu] 機場巴士 ▸▸▸ MP3-15

說明 在韓國從機場移動到各地的交通工具很多，其中路線最多、也最常被使用的是機場巴士。搭乘巴士前需要先確定路線再購買車票。以下整理了韓國各主要城市的客運站，及搭車時該知道的地點、方向及下車點等會話。

代表句型

○○○ 가요 .
[○○○ ga-yo] 去○○○。

○○○명 주세요 .
[○○○ -myeong ju-se-yo] 我要○○○個人（的票）。

[開朗歐巴的꿀팁]

💬 어디에서 버스 타요 ?
[eo-di-e-seo beo-seu ta-yo] 在哪裡搭公車 ?

💬 어디에서 내려요 ?
[eo-di-e-seo nae-ryeo-yo] 在哪裡下車 ?

▶ 單字 （＋量詞）

👆한	👆두	👆세	👆네	👆다섯
[han]	[du]	[se]	[ne]	[da-seot]
一	二	三	四	五

👆여섯	👆일곱	👆여덟	👆아홉	👆열
[yeo-seot]	[il-gop]	[yeo-deol]	[a-hop]	[yeol]
六	七	八	九	十

► 一起説説看！

A : **동대문 가요 .**

[dong-dae-mun ga-yo] 去東大門。

B : **몇 분이세요 ?**

[myeot bu-ni-se-yo] 請問幾位？

A : **두 명 주세요 .**

[du myeong ju-se-yo] 請給我兩個人（的票）。

두 장 주세요 .

[du jang ju-se-yo] 請給我兩張（票）。

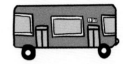

代表句型	**이 버스 ○○○ 가요 ?** [i beo-seu ○○○ ga-yo] 這公車會到○○○嗎？

[開朗歐巴的꿀팁]

💬 **여기 어디예요 ?**

[yeo-gi eo-di-ye-yo] 這裡是哪裡？

💬 **여기 무슨 정류장이에요 ?**

[yeo-gi mu-seun jeong-nyu-jang-i-e-yo] 這裡是什麼公車站？

💬 **○○○ 다 왔어요 ?**

[○○○ da wa-sseo-yo] ○○○快到了嗎？

💬 **저 ○○○에서 내려야 해요 .**

[jeo ○○○ -e-seo nae-lyeo-ya hae-yo] 我要在○○○下車。

💬 **○○○ 도착하면 알려 주세요 .**

[○○○ do-cha-ka-myeon al-lyeo ju-se-yo]
到○○○的時候，請提醒我。

Chapter 3

12 機場巴士

13 地下鐵

14 計程車

15 公車

16 韓國高鐵 / 火車

17 市區觀光巴士

▶ 一起說說看！

A : **이 버스 광화문 가요？**

[i beo-seu gwang-hwa-mun ga-yo] 這公車會到光化門嗎？

B : **안 가요 / 예 , 가요 .**

[an ga-yo / ye, ga-yo] 不會去 / 是，會去。

▶ 一起說說看！

A : **광화문 다 왔어요？**

[gwang-hwa-mun da wa-sseo-yo] 光化門快到了嗎？

B : **다 왔어요 .**

[da wa-sseo-yo] 快要到了。

A : **도착하면 알려 주세요 .**

[do-cha-ka-myeon al-lyeo ju-se-yo] 到的時候，請告訴我。

▶ 單字：市外客運

경기도 [gyeong-gi-do] 京畿道				
수원 [su-won] 水原	**파주** [pa-ju] 坡州	**용인** [yong-in] 龍仁	**평택** [pyeong-taek] 平澤	**화성** [hwa-seong] 華城

경상도 [gyeong-sang-do] 慶尚道				
청도 [cheong-do] 清道	**경주** [gyeong-ju] 慶州	**안동** [an-dong] 安東	**통영** [tong-young] 統營	**김해** [gim-hae] 金海

전라도 [jeol-la-do] 全羅道（＊注意發音變化）

광주 [gwang-ju] 光州	전주 [jeon-ju] 全州	보성 [bo-seong] 寶成	여수 [yeo-su] 麗水	목포 [mok-po] 木浦

충청도 [chung-cheong-do] 忠清道

대전 [dae-jeon] 大田	청주 [cheong-ju] 清州	세종 [se-jong] 世宗	공주 [gong-ju] 公州	충주 [chung-ju] 忠州

강원도 [gang-won-do] 江原道

강릉 [gang-neung] 江陵	평창 [pyeong-chang] 平昌	춘천 [chun-cheon] 春川	동해 [dong-hae] 東海	속초 [sok-cho] 束草

Chapter 3

12 공항버스

13 지하철

14 택시

15 시내버스

16 고속철도／기차

17 시티투어버스

Chapter 3

12 機場巴士

13 地下鐵

14 計程車

15 公車

16 韓國高鐵、火車

17 市區觀光巴士

13 지하철

[ji-ha-cheol] 地下鐵 ⋯ MP3-16

> 說明 韓國主要都市,除了包含首都首爾在內的京畿道有地鐵之外,還有各道的廣域市(人口達 100 萬以上稱「廣域市」),依人口分布由多到少分別為釜山、大邱、大田、光州等,皆有地下鐵運輸系統。

[開朗歐巴的꿀팁]

💬 **지하철 가요?**
[ji-ha-cheol ga-yo] 搭地下鐵可以到嗎?

💬 **택시로 갈아타요.**
[taek-si-lo ga-la-ta-yo] 轉搭計程車。

▶ 單字:地下鐵

교통카드
[gyo-tong-ka-deu]
交通卡

티머니 카드
[ti-meo-ni ka-deu]
T-money 卡

승차권
[seung-cha-gwon]
車票(車乘券)

갈아타다
[ga-la-ta-da]
轉車

갈아타는 역
[ga-la-ta-neun yeok]
轉車站

이번
[i-beon]
這次

다음
[da-eum]
下次

왼쪽
[woen-jjok]
左邊

오른쪽
[o-leun-jjok]
右邊

방면
[bang-myoen]
方向、方面

반대편 / 건너편
[ban-dae pyeon / geon-neo-pyeon]
對面

Chapter 3

12 공항버스

13 지하철

14 택시

15 시내버스

16 고속철도／기차

17 시티투어버스

▶ 一起説説看！ ＜交通方向＞

A : **여기 신촌 방면 맞아요 ?**

[yeo-gi sin-chon bang-myoen ma-ja-yo] 這邊是往新村方向對嗎？

B : **예 , 맞아요 .**

[ye, ma-ja-yo] 對，沒錯。

▶ 一起説説看！ ＜對面搭車＞

A : **여기 동대문 방면 맞아요 ?**

[yeo-gi dong-dae-mun bang-myoen ma-ja-yo] 這邊是往東大門方向對嗎？

B : **아니에요 . 반대편에서 타세요 .**

[a-ni-e-yo. ban-dae-pyeo-ne-seo ta-se-yo] 不是，請在對面搭車。

▶ 一起説説看！ ＜轉車＞

A : **여기서 서울역까지 어떻게 가요 ?**

[yeo-gi-seo seo-ul-lyeok-gga-ji eo-ddeo-ke ga-yo] 從這裡怎麼去首爾站？

B : **○○역에서 갈아타요 .**

[○○ yeo-ge-seo ga-la-ta-yo] 在○○站轉車。

A : **얼마 걸려요 ?**

[eol-ma geol-lyeo-yo] 要多久時間呢？

B : **30 분 정도 걸려요 .**

[sam-sip-bun jeong-do geol-lyeo-yo] 大約要 30 分鐘。

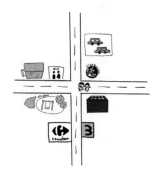

Chapter 3

12 機場巴士

13 地下鐵

14 計程車

15 公車

16 韓國高鐵／火車

17 市區觀光巴士

► 一起說說看！ ＜交通工具＞

A：**지하철 가요 ?**

[ji-ha-cheol ga-yo] 搭地下鐵可以到嗎？

B：**예 , 가요 .**

[ye, ga-yo] 是，可以到。

► 一起說說看！ ＜交通工具＞

A：**지하철 가요 ?**

[ji-ha-cheol ga-yo] 搭地下鐵可以到嗎？

B：**아니요 .**

[a-ni-yo] 不會到。

택시로 갈아타야 해요 .

[taek-si-lo ga-la-ta-ya hae-yo] 要轉搭計程車。

14 택시

[taek-si] 計程車 ⋯ MP3-17

12 공항버스

13 지하철

14 택시

15 시내버스

16 고속철도／기차

17 시티투어버스

說明 韓國的計程車可分為「一般計程車」與「模範計程車」（모범 [mo-beom]）兩種。模範計程車不論是司機與車款都與一般計程車不同，價格也偏高。車輛以黑色轎車為主，屬於較高級的大型汽車，提供給需要大空間後車廂的人，或商務人士使用。

代表句型

○○○○○ 가 주세요 .
[○○○○○ ga ju-se-yo] 我要到○○○○○。

▶ 單字

목적지
[mok-jeok-ji]
目的地

기본요금
[gi-bon-yo-geum]
基本費

트렁크
[teu-leong-keu]
後車廂

일반택시
[il-ban-taek-si]
一般計程車

모범택시
[mo-beom-taek-si]
模範計程車

▶ 一起說說看！

A（司機）：**어디 가세요？** [eo-di ga-se-yo] 要去哪裡？

B（乘客）：**KTX 역 가 주세요 .** [KTX-yeok ga ju-se-yo] 請到 KTX 站。

▶ 一起說說看！

A（乘客）：**트렁크 좀 열어 주세요 .**
[teu-leong-keu jom yeo-leo ju-se-yo] 請幫我打開後車廂。

B（司機）：**열어 드릴게요 .** [yeo-leo deu-lil-ge-yo] 我幫您開。

Chapter 3

12
機場巴士

13
地下鐵

14
計程車

15
公車

16
韓國高鐵／火車

17
市區觀光巴士

代表句型	○○○ 좀 켜 주세요 . [○○○ jom kyeo ju-se-yo] 請開○○○。
	○○○ 좀 꺼 주세요 . [○○○ jom ggeo ju-se-yo] 請關○○○。

▶ 單字

👆 에어컨
[e-eo-keon]
冷氣

👆 히터
[hi-teo]
暖氣

▶ 一起説説看！ ＜覺得冷的時候＞

A : **추워요 ?** [chu-wo-yo] 會很冷嗎？

B : **예 , 추워요 .** [ye, chu-wo-yo] 很冷。

히터 좀 켜 주세요 . [hi-teo jom kyeo ju-se-yo] 請開暖氣一下。

A : **추워요 ?** [chu-wo-yo] 會很冷嗎？

B : **예 , 추워요 .** [ye, chu-wo-yo] 很冷。

에어컨 좀 꺼 주세요 . [e-eo-keon jom ggeo ju-se-yo] 請關冷氣一下。

▶ 一起説説看！ ＜覺得熱的時候＞

A : **더워요 ?** [deo-wo-yo] 會熱嗎？

B : **예 , 더워요 .** [ye, deo-wo-yo] 很熱。

에어컨 좀 켜 주세요 . [e-eo-keon jom kyeo ju-se-yo] 請開冷氣一下。

A : **더워요 ?** [deo-wo-yo] 會熱嗎？

B : **예 , 더워요 .** [ye, deo-wo-yo] 很熱。

히터 좀 꺼 주세요 . [hi-teo jom ggeo ju-se-yo] 請關暖氣一下。

Chapter 3

12 공항버스

13 지하철

14 택시

15 시내버스

16 고속철도/기차

17 시티투어버스

15 시내버스

[si-nae-beo-seu] 公車 ··· MP3-18

> **說明** 在國外旅行，搭公車是一大挑戰，如果能花點時間了解公車路線及前往目的地的方向，就不需要太恐懼，反而能夠有更多機會觀察當地，是很方便又可欣賞風景的交通工具！

代表句型

○○○ 가요 ?
[○○○ ga-yo] 會到○○○嗎？

▶ **一起說說看！**

A : **신촌 가요 ?** [sin-chon ga-yo] 會經過新村嗎？

B : **안 가요 .** [an ga-yo] 不會經過。

A : **몇 번 버스 가요 ?** [myeot-beon beo-seu ga-yo] 幾號公車會去呢？

B : **5714 번 타세요 .** [o-chil-il-sa-beon ta-se-yo] 請搭 5714 號公車。

代表句型

저 ○○○ 내려요 .
[jeo ○○○ nae-lyeo-yo] 我要在○○○下車。

▶ **一起說說看！**

A : **저 신사동 내려요 .** [jeo sin-sa-dong nae-lyeo-yo] 我要在新沙洞下車。

B : **이번에 내리세요 .** [i-beo-ne nae-li-se-yo] 請在這站下車。
다음에 내리세요 . [da-eu-me nae-li-se-yo] 請下一站下車。

Chapter 3

12 機場巴士

13 地下鐵

14 計程車

15 公車

16 韓國高鐵／火車

17 市區觀光巴士

▶ 單字

🐾 버스요금
[beo-seu-yo-geum]
公車車費

🐾 교통카드
[gyo-tong-ka-deu]
交通卡

🐾 교통카드 충전
[gyo-tong-ka-deu chung-jeon]
交通卡儲值

🐾 버스 정류장
[beo-seu
jeong-nyu-jang]
公車站

🐾 이번
[i-beon]
這次

🐾 다음
[da-eum]
下次

16 고속철도 / 기차

[go-sok-cheol-do / gi-cha] 韓國高鐵（KTX / SRT）/ 火車 ⋯ MP3-19

12 공항버스

13 지하철

14 택시

15 시내버스

16 고속철도 / 기차

17 시티투어버스

說明 搭乘韓國鐵路，購買車票方法跟臺灣相同，有現場購票及網路購票兩種方法。無論是用機器或櫃檯購票都要認識地名（起點與目的地）及購票的張數，為您整理如下。

代表句型

(목적지) ○○○ 장 주세요 .

[(mok-jok-ji) ○○○ jang ju-se-yo] 我要○○○張（目的地）的票。

▶ **單字**：票數（＋量詞）

한	두	세	네	다섯
[han]	[du]	[se]	[ne]	[da-seot]
一	二	三	四	五
여섯	일곱	여덟	아홉	열
[yeo-seot]	[il-gop]	[yeo-deol]	[a-hop]	[yeol]
六	七	八	九	十

▶ **單字**：目的地（KTX 主要車站）

경부선 [gyeong-bu-seon] 京釜線

인천공항	서울	광명	수원
[in-cheon-gong-hang]	[seo-ul]	[gwang-myeong]	[su-won]
仁川機場	首爾	光明	水原

12 機場巴士

13 地下鐵

14 計程車

15 公車

16 韓國高鐵／火車

17 市區觀光巴士

천안아산	대전	오송	동대구
[cheo-na-na-san]	[dae-jeon]	[o-song]	[dong-dae-gu]
天安牙山	大田	五松	東大邱

신경주	포항	울산	부산
[sin-gyeong-ju]	[po-hang]	[ul-san]	[bu-san]
新慶州	浦項	蔚山	釜山

호남선 [ho-nam-seon] 湖南線

용산	광명	천안아산	서대전
[yong-san]	[gwang-myeong]	[cheo-na-na-san]	[se-dae-jeon]
龍山	光明	天安牙山	西大田

정읍	광주송정	나주	목포
[jeong-eup]	[gwang-ju-song-jeong]	[na-ju]	[mok-po]
井邑	光州松汀	羅州	木浦

전라선 [jeol-la-seon] 全羅線

용산	익산	전주	여수 엑스포
[yong-san]	[ik-san]	[jeon-ju]	[yeo-su ek-seu-po]
龍山	益山	全州	麗水 Expo

강릉선 [gang-neung-seon] 江陵線

청량리	양평	평창	강릉
[cheong-nyang-ni]	[yang-pyeong]	[pyeong-chang]	[gang-neung]
清涼里	楊平	平昌	江陵

▶ 一起說說看！

A : **어디 가세요 ?**

[eo-di ga-se-yo] 請問去哪裡呢 ？

B : **동대구 두 장 주세요 .**

[dong-dae-gu du jang ju-se-yo] 請給我兩張去東大邱的票。

동대구요 . 두 장 주세요 .

[dong-dae-gu-yo. du jang ju-se-yo] 去東大邱。請給我要兩張票。

▶ 單字

🔌 **매표소**

[mae-pyo-so]
售票處

🔌 **자동매표기**

[ja-dong-mae-pyo-gi]
自動售票機

▶ 一起說說看！

A : **매표소 사람 많아요 .**

[mae-pyo-so sa-lam ma-na-yo] 售票處人好多。

B : **자동매표기 이용하세요 .**

[ja-dong-mae-pyo-gi i-yong-ha-se-yo] 請使用自動售票機。

17 시티투어 버스

[si-ti-tu-eo beo-su] 市區觀光巴士（City Tour Bus） ››› MP3-20

> **說明** 在韓國旅遊，最能節省金錢及時間的觀光方式就是善用市區觀光巴士了！目前在首爾、釜山、大邱等城市，都有觀光巴士運行。以下整理了搭乘觀光巴士的相關會話與句型。

[開朗歐巴的꿀팁] 尋找市區觀光巴士 (City Tour Bus) 時

💬 **시티투어 버스 타야 해요 .**

[si-ti-tu-eo beo-seu ta-ya-hae-yo]

我要搭市區觀光巴士。

💬 **시티투어 버스 어디 있어요 ?**

[si-ti-tu-eo beo-su eo-di i-sseo-yo]

市區觀光巴士在哪裡？

💬 **근처에 시티투어 버스 있어요 ?**

[geun-cheo-e si-ti-tu-eo beo-seu i-sseo-yo]

附近有市區觀光巴士站嗎？

💬 **여기 시티투어 버스 와요 ?**

[yeo-gi si-ti-tu-eo beo-seu wa-yo]

這裡市區觀光巴士會來嗎？

12 공항버스

13 지하철

14 택시

15 시내버스

16 고속철도／기차

17 시티투어버스

▶ 一起説説看！

A : **여기 시티투어 버스 와요 ?**

[yeo-gi si-ti-tu-eo beo-seu wa-yo] 這裡市區觀光巴士會來嗎？

B : **글쎄요 .** [geul-sse-yo] 這個嘛。

잘 모르겠어요 . [jal mo-leu-ge-sseo-yo] 不太知道。

▶ 單字

🖐 버스 정류장
[beo-seu jeong-nyu-jang]
公車站

🖐 시티투어 버스
[si-ti-tu-eo beo-seu]
市區觀光巴士

🖐 시내버스
[si-nae-beo-seu]
市區公車

🖐 다음 (다음 정류장)
[da-eum
(da-eum jeong-nyu-jang)]
下一站

🖐 지도
[ji-do]
地圖

🖐 노선도
[no-seon-do]
路線圖

🖐 하차벨
[ha-cha-bel]
下車鈴

🖐 차비
[cha-bi]
車費

🖐 버스요금
[beo-seu-yo-geum]
公車費（料金）

🖐 외국인
[oe-gu-gin]
外國人

🖐 외국인 할인
[oe-gu-gin ha-lin]
外國人折扣

Chapter 3

12 機場巴士

13 地下鐵

14 計程車

15 公車

16 韓國高鐵／火車

17 市區觀光巴士

► 一起說說看！

A（乘客）：**차비 얼마예요？** [cha-bi eol-ma-ye-yo] 車費多少錢？

B（司機）：**5,000 원이에요.** [o-cheo-nwo-ni-e-yo] 5,000 韓元。

A（乘客）：**외국인 얼마예요？** [oe-gu-gin eol-ma-ye-yo] 外國人多少錢？

B（司機）：**외국인 할인 돼요.** [oe-gu-gin ha-lin dwae-yo] 外國人有折扣。
　　　　　　4,000 원이에요. [sa-cheo-nwo-ni-e-yo] 4,000 韓元。

► 一起說說看！

A（乘客）：**시티투어 버스 지도 있어요？**
　　　　　　[si-ti-tu-eo beo-seu ji-do i-sseo-yo] 請問有市區觀光巴士地圖嗎？

B（司機）：**예, 버스에 있어요.**
　　　　　　[ye, beo-seu-e i-sseo-yo] 有，車上有。

Chapter 3

12 공항버스

13 지하철

14 택시

15 시내버스

16 고속철도／기차

17 시티투어버스

開朗歐巴告訴你

韓國高鐵

韓國高鐵目前有兩家公司服務，KTX 及 SRT。

1. KTX（Korea Train eXpress）

KTX 由 Korail 公司從 2004 年 4 月起營運，是韓國第一家高鐵公司，也稱「韓國高速鐵道」。鐵路技術與車款皆為法國 TGV 系統，車輛則為韓國製作，一般車速為 300km 上下。從仁川國際機場連接至京釜線、湖南線、全羅線、京全線、江陵線等共有 5 條路線，目前車廂內不提供充電設施，但可以使用免費公共 Wi-Fi。

2. SRT（Super Rapid Train）

SRT 是韓國第二家高鐵公司，又稱「水西高速鐵道」，自 2016 年 12 月起開通。目前首爾水西站至釜山站，稱之為京釜線（경부선 [gyeong-bu-seon]），而首爾水西站至木浦，稱之為湖南線（호남선 [ho-nam-seon]）。車款及車資與 KTX 稍微不同。車速最高可達時速 330km，但一般車速則與 KTX 相同。座椅下方有充電設施，可以提供乘客手機或筆電充電，同時也提供免費公共 Wi-Fi。

一般鐵路

韓國鐵路除了高鐵之外，還有一般鐵路。其中「ITX」（Intercity Train eXpress）為替換「新村號」（새마을호 [sae-ma-eul-ho]）所開發的新型列車，目前行駛於京釜線（경부선 [gyeong-bu-seon]：首爾↔釜山）、湖南線（호남선 [ho-nam-seon]：大田↔木浦）、慶全線（경전선 [gyeong-jeon-seon]：三浪津↔光州）等主要鐵路路線。而「無窮

花號」（무궁화호 [mu-gung-hwa-ho]）自 1960 年起開始行駛，為韓國具有悠久歷史的載客列車。至於「Nuriro 號」（누리로호 [nu-li-lo-ho]）為替換「無窮花號」所開發的新型列車，目前行駛於首爾站到新昌站區間。

Chapter 4
문의
[mu-nui]
詢問

【開朗先生告訴你：「問路」語助詞】

旅遊時，行程的動線安排與方向感很重要，常常需要確認自己所處的位置及方向。有些人因為方向感不好所以容易迷路，但現在是人人都有智慧型手機的時代，只要開啟地圖的導航功能，就能找到目的地。但如果還是不放心的話，直接問當地人，反而可以得到更準確的答案喔！而且，向當地人問路，其實也是旅行的樂趣之一，不但能與當地人互動，説不定還能因此認識新朋友呢，你也試試看吧！

18 길 묻기

[gil mut-gi] 問路 ⋯ MP3-21

說明 旅途中，迷路是難免的事，但同時也是一種旅遊中的樂趣。迷路時不一定只能靠網路資訊，找當地人協助，還能增加與當地人互動的經驗。試著用韓語詢問，不僅可以輕鬆找到目的地，還能有加倍的成就感。

[開朗歐巴的꿀팁]

💬 **길 잃어 버렸어요 .**
　　[gil i-leo beo-lyeo-sseo-yo] 我迷路了。

代表句型 **근처에 ○○○ 있어요 ?**
[geun-cheo-e ○○○ i-sseo-yo] 附近有○○○嗎？

▶ **單字**

🔥 **지하철역**
[ji-ha-cheol-lyeok]
地下鐵站

🔥 **버스 정류장**
[beo-seu jeong-nyu-jang]
公車站

🔥 **화장실**
[hwa-jang-sil]
洗手間

🔥 **편의점**
[pyeo-nui-jeom]
便利商店

🔥 **약국**
[yak-guk]
藥局

🔥 **병원**
[byeong-won]
醫院

🔥 **경찰서**
[gyeong-chal-seo]
警察局

▶ 一起說説看！

A : **근처에 지하철역 있어요 ?**

[geun-cheo-e ji-ha-cheol-lyeok i-sseo-yo] 附近有地下鐵站嗎？

B : **예 , 있어요 .** [ye, i-sseo-yo] 是，有。

代表句型	**저기 ○○○ 보여요 ?** [jeo-gi ○○○ bo-yeo-yo] 在那裡看到○○○嗎？

▶ 單字

👆 **빌딩**
[bil-ding]
大廈

👆 **건물**
[geon-mul]
建築物

👆 **극장**
[geuk-jang]
電影院

👆 **가게**
[ga-ge]
商店

👆 **사거리**
[sa-geo-li]
十字路口

👆 **햄버거 가게**
[haem-beo-geo ga-ge]
漢堡店

👆 **커피숍**
[keo-pi-syop]
咖啡館

▶ 一起說説看！

A : **저기 사거리 보여요 ?**

[jeo-gi sa-geo-li bo-yeo-yo] 在那裡看到十字路口嗎？

B : **예 , 보여요 .**

[ye, bo-yeo-yo] 有，看到。

A : **사거리에 편의점 있어요 .**

[sa-geo-li-e pyeo-ni-jeom i-sseo-yo] 在十字路口有便利商店。

代表句型

○○○○○ 어떻게 가요 ?

[○○○○○ eo-ddeo-ke ga-yo] ○○○○○怎麼去？

▶ 一起說說看！

A : **대구 어떻게 가요 ?** [dae-gu eo-ddeo-ke ga-yo] 大邱怎麼去？

B : **고속전철 타세요 .** [go-sok-jeon-cheol ta-se-yo] 請搭高鐵。

（或）KTX* 타세요 . [KTX ta-se-yo] 請搭高鐵。

*KTX：為 Koean Train Express 縮寫，意思為「韓國高速鐵路」。

19. 확인

[hwa-gin] 確認 ››› MP3-22

說明 在旅遊中，常常會發生需要確認的事，如確認位置及方向時，常會用到
「맞아요 ?」[ma-ja-yo]（對嗎 ？）、「있어요 ?」[i-sso-yo]（有嗎 ？）
等問句。以下整理了確認時常會用到的句子及會話。

代表句型

○○○○○ 맞아요 ?
[○○○○○ ma-ja-yo] 請問是○○○○○對嗎 ？

▶ 單字

✊ 주소
[ju-so]
地址

✊ 위치
[ui-chi]
位置

✊ 방향
[bang-hyang]
方向

✊ 여기
[yeo-gi]
這裡

✊ 줄
[jul]
排隊（名詞）

▶ 一起說說看！

A : **여기 맞아요 ?** [yeo-gi ma-ja-yo] 請問確定是這裡嗎 ？

B : **예 , 맞아요 .** [ye, ma-ja-yo] 是的，沒錯。

▶ 一起說說看！

A : **공항방향 맞아요 ?** [gong-hang-bang-hyang ma-ja-yo] 請問確定是往機場方向嗎 ？

B : **잘 모르겠어요 .** [jal mo-leu-ge-sseo-yo] 不清楚。

代表
句型

○○○○○ 있어요 ?
[○○○○○ i-sseo-yo] 請問有○○○○○嗎 ?

▶ 單字

🔥 **시간**
[si-gan]
時間

🔥 **자리**
[ja-li]
位子

🔥 **돈**
[don]
錢

🔥 **현금**
[hyeon-geum]
現金

🔥 **한국돈**
[han-guk-don]
韓幣

🔥 **대만돈**
[dae-man-don]
臺幣 =

대만달러
[dae-man-dal-leo]

🔥 **미국돈**
[mi-guk-don]
美金 =

미국달러
[mi-guk-dal-leo]

🔥 **일본돈**
[il-bon-don]
日幣 =

일본엔화
[il-bon-en-hwa]

▶ 一起説説看 !

A : **한국돈 있어요 ?** [han-guk-don i-sseo-yo] 請問有韓幣嗎 ?

B : **있어요 .** [i-sseo-yo] 有 。

▶ 一起説説看 !

A (客人) : **자리 있어요 ?** [ja-li i-sseo-yo] 請問有位子嗎 ?

B (店員) : **좀 기다려 주세요 .** [jom gi-da-lyeo ju-seo-yo] 請稍等一下 。

説明 韓語中,「있어요」[i-sseo-yo]（有）這個字,針對「人」的時候也可以使用。但會話中,該要用敬語時,則必須改用其他詞彙,也就是「계세요」[gye-se-yo]。例如,剛進店家找人時説,「계세요?」[gye-se-yo]（有人在嗎?）

代表句型 ○○○○○ **돼요?**
[○○○○○ dwae-yo] 請問可以○○○○○嗎?

▶ 單字

👆 **할인**
[ha-lin]
折扣

👆 **카드**
[ka-deu]
信用卡

👆 **시식**
[si-sik]
試吃

👆 **입장**
[ip-jjang]
入場

👆 **시간**
[si-gan]
時間

👆 **지금**
[ji-geum]
現在

▶ 一起説説看!

A : **카드 돼요?** [ka-deu dwae-yo] 可以刷信用卡嗎?

B : **예, 돼요.** [ye, dwae-yo] 是,可以。

代表句型

○○○○○ 줘요 ?
[○○○○○ jwo-yo] 請問會贈送○○○○○嗎?

▶ 單字

👆 샘플
[saem-peul]
贈品 / 試用品

👆 쿠폰
[ku-pon]
折價券

👆 선물
[seon-mul]
禮物

👆 할인권
[ha-lin-gwon]
折價券

▶ 一起說說看!

A : 샘플 줘요 ? [saem-peul jwo-yo] 請問會送贈品嗎?

B : 예 , 있어요 . [ye, i-sseo-yo] 是的，有送試用品。

20 방향

[bang-hyang] 方向 ··· MP3-23

 說明 旅遊時，速度重要、還是方向重要呢？其實兩個都很重要，但如果走錯方向那就麻煩了。以下整理了方向相關的單字與句型，趕快記起來吧！

代表句型

○○○○○ 하세요 . / ○○○○○ 해 주세요 .
[○○○○○ ha-se-yo / ○○○○○ hae ju-se-yo] 請您○○○○○。

▶ 單字

👆 **우회전**
[u-hoe-jeon]
右轉

👆 **좌회전**
[jwa-hoe-jeon]
左轉

👆 **직진**
[jik-jin]
直走

👆 **U 턴**
[U-teon]
迴轉

▶ 一起說說看！

A : **근처에 지하철역 있어요 ?**
[geun-cheo-e ji-ha-cheol-lyeok i-sseo-yo] 附近有地下鐵站嗎？

B : **있어요 . 직진 하세요 .**
[i-sseo-yo. jik-jin ha-se-yo] 有。請您直走。

代表句型

○○○으로 가세요 .
[○○○ eu-lo ga-se-yo] 請您往○○○過去。

▶ 單字

👆 **오른쪽**
[o-leun-jjok]
右邊

👆 **왼쪽**
[oen-jjok]
左邊

👆 **앞쪽**
[ap-jjok]
前面

👆 **뒤쪽**
[dui-jjok]
後面

▶ 一起説説看！

A：**화장실 어디 있어요 ?** [hwa-jang-sil eo-di i-sseo-yo] 請問洗手間在哪裡？

B：**앞쪽으로 가세요 .** [ap-jjo-geu-lo ga-se-yo] 請您往前面過去。

代表句型 | **○○○○○쪽으로 가세요 .**
[○○○○○ jjo-geu-lo ga-se-yo] 請往○○○○○方向過去。

▶ 單字

이 (+ 명사)
[i]
這個（＋名詞）

저 (+ 명사)
[jeo]
那個（＋名詞）

시내
[si-nae]
市中心

서울역
[seo-ul-lyeok]
首爾站

인천
[in-cheon]
仁川

의정부
[ui-jeong-bu]
議政府（站）

동
[dong]
東

서
[seo]
西

남
[nam]
南

북
[buk]
北

▶ 一起説説看！

A：**이쪽 맞아요 ?** [i-jjok ma-ja-yo] 請問是這個方向嗎？

B：**예 , 이쪽으로 가세요 .** [ye, i-jjo-geu-lo ga-se-yo] 是的，請往這個方向過去。

21 공간 / 위치

[gong-gan / wi-chi] 空間 / 位置 ››› MP3-24

説明 用韓語詢問地點的位置及空間時，最常使用的問句是「어디예요？」[eo-di-ye-yo]（在哪裡？），本章節為大家整理了相關的單字，當然連逛街時常使用的樓層，也會一起説明喔！

代表句型

○○○○○ 어디예요 ?
[○○○○○ eo-di-ye-yo] ○○○○○是哪裡？

▶ 單字

여기
[yeo-gi]
這裡

거기
[geo-gi]
那裡

지금
[ji-geum]
現在

▶ 一起説説看！

A : **여기 어디예요 ?** [yeo-gi eo-di-ye-yo] 這裡是哪裡？

B : **여기 커피숍이에요 .** [yeo-gi keo-pi-syo-bi-e-yo] 這裡是咖啡館。

<table>
<tr><td>代表
句型</td><td>○○○○○에 있어요 .
[○○○○○ -e i-sseo-yo] 在○○○○○就有。</td></tr>
</table>

▶ 單字

위
[wi]
上面

윗층
[wit-cheung]
樓上

아래
[a-lae]
下面

아랫층
[a-laet-cheung]
樓下

지하
[ji-ha]
地下

옆
[yeop]
旁邊

오른쪽
[o-leun-jjok]
右邊

왼쪽
[oen-jjok]
左邊

안
[an]
面

밖
[bak]
外面

맞은편 / 건너편
[ma-jeun-pyeon / geon-neo-pyeon]
對面

▶ 一起說說看 !

A : **여자 청바지 어디 있어요 ?**

[yeo-ja cheong-ba-ji eo-di i-sseo-yo] 女生牛仔褲在哪裡？

B : **윗층에 있어요 .**

[wit-cheung-e i-sseo-yo] 在樓上就有。

2 층 청바지

開朗歐巴告訴你

「問路」的語助詞 ›› MP3-25

在臺灣，當地人在向他人詢問事情時，都會以「不好意思」、「請問」開頭，但若到韓國想開口詢問時，該怎麼說呢？可以試試看以下的句子，來請問韓國人喔！

🗨 실례합니다 . [sil-lye-ham-ni-da] 不好意思 / 打擾一下。

🗨 말씀 좀 여쭐게요 . [mal-sseum jom yeo-jjul-ge-yo] 請教一下 / 請問一下。

還有另一個常用的說法就是「저기요」[jeo-gi-yo]，「저기요」原本意思為「那裡」或「在那邊」的意思，在指某個東西或地點在那裡的時候可以說「저기요」。然而，想跟陌生人（不知道姓名或稱呼的人）講話的時候，想先引起對方注意時，亦可以使用這句話開頭喔。

| 對話

A : 저기요 . [jeo-gi-yo] 打擾一下。
B : 예 , 무슨 일이에요 . [ye, mu-seun il-li-e-yo] 是，有什麼事嗎？
A : 여기 어디예요 ? [yeo-gi eo-di-ye-yo] 這裡是哪裡？

Chapter 5

숙박

[suk-bak]
住宿

【開朗先生告訴你：韓國住宅文化──傳統「火炕房」】

準備旅行前，除了最重要的機票，接下來就是住宿了！在韓國，住宿型態越來越多樣化，大至飯店、小至青年旅館等，選擇非常多元，甚至在韓劇中常看到的獨特設備，就是24小時營業的汗蒸幕，也是選擇之一。許多搭乘紅眼班機的旅客，因為抵達當地後還無法 Check-In 飯店或旅館，所以會選擇到汗蒸幕稍做休息。不過若有在汗蒸幕過夜的打算，建議攜帶耳塞及睡袋。近年來韓國的旅館（Motel）也逐漸轉型，不少旅客也會選擇在那裡過夜，所以許多旅館業者也開始接待外國旅客。無論入住飯店、旅館、青年旅社或是汗蒸幕，都會有 check in（入住）跟 check out（退房）的動作，有時因狀況不同，還會需要其他服務，因此本單元整理了各種住宿環境常用的單字及句型，請把它學起來吧！

Chapter 5

22 住宿服務

23 飯店／商務旅館

24 旅館

25 民宿／青年旅館

26 汗蒸幕

22 숙소 서비스

[suk-so seo-bi-seu] 住宿服務 ⋙ MP3-26

> **說明** 以韓國綜藝節目《兩天一夜》為例的韓語是「1 박 2 일」[il-ba-gi-il]
> （一泊二日），以此類推，若要講三天兩夜的話，就是「2 박 3 일」[
> i-bak-sa-mil]，而四天三夜為「3 박 4 일」[sam-bak-sa-il]，四天五夜為
> 「4 박 5 일」[sa-ba-go-il]。

▶ 單字

✿체크인
[che-keu-in]
入住（check in）

↔ 체크아웃
[che-keu-a-ut]
退房（check out）

✿방 / 룸
[bang / lum]
房間（room）

✿방 열쇠 / 룸키
[bang yeol-soe /
lum-ki]
房間鑰匙 / 房卡
（room key）

✿여권
[yeo-gwon]
護照

✿신용카드
[si-nyong-ka-deu]
信用卡

✿아침식권 / 조식쿠폰
[a-chim-sik-gwon / jo-sik-ku-pon]
早餐券

代表句型	○○일부터 ○○일까지 [○○ il-bu-teo ○○ il-gga-ji] 從○○號到○○號 ○○박 [○○ bak] ○○個晚上

일	이	삼	사	오	육	칠
[il]	[i]	[sam]	[sa]	[o]	[yuk]	[chil]
一	二	三	四	五	六	七

Chapter 5

22 숙소서비스

23 호텔 / 비즈니스 호텔

24 모텔

25 민박 / 케스트하우스

26 찜질방

▶ 一起説説看！

A（房客）： **체크인 해 주세요 .**

[che-keu-in hae ju-se-yo] 請幫我辦入住手續。

B（員工）： **여권하고 신용카드 주세요 .**

[yeo-gwon ha-go si-nyong-ka-deu ju-se-yo] 請給我護照跟信用卡。

▶ 單字

🔥 **지도**

[ji-do]
地圖

🔥 **여행지도**

[yeo-haeng-ji-do]
旅遊地圖

🔥 **약도**

[yak-do]
略圖

🔥 **노선도**

[no-seon-do]
路線圖

🔥 **공항버스**

[gong-hang-beo-seu]
機場巴士

🔥 **숙소 명함**

[suk-so myeong-ham]
住宿名片

▶ 一起説説看！

A（房客）： **여행지도 있어요 ?**

[yeo-haeng-ji-do i-sseo-yo] 請問有旅遊地圖嗎？

B（員工）： **예 , 무료 여행지도 있어요 .**

[ye, mu-lyo yeo-haeng-ji-do i-sseo-yo] 有，有免費的旅遊地圖。

▶ 一起説説看！

A（房客）： **공항버스 있어요 ?**

[gong-hang-beo-seu i-sseo-yo] 請問有機場巴士嗎？

B（員工）： **예 , 있어요 .** [ye, i-sseo-yo] 是，有。

아니요 . 없어요 . [a-ni-yo, eop-seo-yo] 不。沒有。

Chapter 5

22 住宿服務

23 飯店／商務旅館

24 旅館

25 民宿／青年旅館

26 汗蒸幕

代表句型	○○○○○ **바꿔 주세요 .** [○○○○○ ba-ggweo ju-se-yo] 請幫我換○○○○○。

▶ 單字

방
[bang]
房間

이불
[i-bul]
棉被

배게
[bae-ge]
枕頭

메트리스
[me-teu-li-seu]
床墊

커튼
[keo-teun]
窗簾

온수조절
[on-su-jo-jeol]
溫水調整

샤워기 헤드
[sya-wo-gi he-deu]
蓮蓬頭

代表句型	**방에** ○○○ **나요 .** [bang-e ○○○ na-yo] 房間裡有○○○。

▶ 單字

담배 냄새
[dam-bae naem-sae]
菸味

곰팡이 냄새
[gom-pang-i naem-sae]
發霉的味道

이상한 냄새
[i-sang-han naem-sae]
奇怪的味道

Chapter 5

22 숙소 서비스

23 호텔／비즈니스호텔

24 모텔

25 민박／게스트하우스

26 찜질방

說明 韓語「냄새」[naem-sae] 指的是嗅覺的味道，不是味覺的味道，而且大多指的是臭味。香味就是「향기」[hyang-gi]，至於味覺的味道則是「맛」[mat]。

▶ 一起說說看！

A（房客）：**방 바꿔 주세요 .** [bang ba-ggwo ju-se-yo] 請幫我換房間。

B（飯店）：**왜 그러시죠 ?** [wae geu-leo-si-jyo] 請問有什麼問題嗎？

A（房客）：**담배 냄새 나요 .** [dam-bae naem-sae na-yo] 有菸味。

代表句型	○○○물 안 내려가요 . [○○○ mul an nae-lyeo-ga-yo] ○○○的水排不出去。

▶ 單字

👆**욕조**
[yok-jo]
浴缸

👆**세면대**
[se-myeon-dae]
洗手台

👆**변기**
[byeon-gi]
馬桶

▶ 一起說說看！

A（房客）：**방 바꿔 주세요 .** [bang ba-ggwo ju-se-yo] 請幫我換房間。

B（飯店）：**왜 그러시죠 ?** [wae geu-leo-si-jyo] 請問有什麼問題嗎？

A（房客）：**변기 물 안 내려가요 .**
[byeon-gi mul an nae-lyeo-ga-yo] 馬桶的水排不出去。

Chapter 5

22 住宿服務

23 飯店／商務旅館

24 旅館

25 民宿／青年旅館

26 汗蒸幕

23 호텔 / 비즈니스 호텔

[ho-tel / bi-jeu-ni-seu ho-tel] 飯店 / 商業旅館 ··· MP3-27

說明 入住飯店或旅館有時會臨時需要一些服務，如加棉被、枕頭，還有盥洗用品等，都可都用韓文標示，所以這個章節整理了住宿時需要認識的韓文。

代表句型
入住時
(Check in)

체크인 해 주세요 .
[che-keu-in hae ju-se-yo] 請幫我辦入住手續。

방 확인해 주세요 .
[bang hwa-gin-hae ju-se-yo] 請幫我確認房間。

예약 확인해 주세요 .
[ye-yak hwa-gin-hae ju-se-yo] 請幫我確認訂房紀錄。

代表句型

○○○○ 추가해 주세요 .
[○○○○○ chu-ga-hae ju-se-yo] 我要加○○○○○。

▶ 單字

이불
[i-bul]
棉被

담요
[dam-nyo]
毛毯

베개
[bae-ge]
枕頭

침대
[chim-dae]
床

아침 식사 / 조식
[a-chim-sik-sa / jo-sik]
早餐

수건
[su-geon]
毛巾

세면도구
[se-myeon-do-gu]
盥洗用品

칫솔
[chit-sol]
牙刷

치약
[chi-yak]
牙膏

Chapter 5

22 숙소 서비스

23 호텔／비즈니스 호텔

24 모텔

25 민박／게스트하우스

26 찜질방

🔥 비누
[bi-nu]
肥皂

🔥 바디워시
[ba-di-wo-si]
沐浴乳

🔥 샴푸
[syam-pu]
洗髮精

🔥 린스
[lin-seu]
潤髮乳

▶ 一起說說看！

A（飯店）：**왜 그러시죠？** [wae geu-leo-si-jyo] 請問有問題嗎？

B（房客）：**이불 추가해 주세요.** [i-bul chu-ga-hae ju-se-yo] 請幫我加棉被。

이불 얇아요. [i-bul yal-ba-yo] 棉被太薄了。

▶ 一起說說看！

A（房客）：**침대 추가해 주세요.** [chim-dae chu-ga-hae ju-se-yo] 請幫我加床。

B（飯店）：**예, 간이침대 드릴게요.**

[ye, ga-ni-chim-dae deu-lil-ge-yo] 好，幫您準備簡易床。

▶ 單字

單人床
92cm × 188cm

雙單人床
92cm × 188cm (x2)

雙人床
138cm × 188cm

Queen Size
153cm × 204cm

King Size
183cm × 204cm

🔥 메트리스
[me-teu-li-seu]
床墊

🔥 간이침대
[ga-ni-chim-dae]
簡易床

🔥 싱글침대
[sing-geul-chim-dae]
單人床（single）

🔥 더블침대
[deo-beul-chim-dae]
雙人床（double）

🔥 퀸사이즈 침대
[kwin-sa-i-jeu chim-dae]
雙人大床（queen）

🔥 킹사이즈 침대
[king-sa-i-jeu chim-da]
雙人特大床（king）

🔥 트윈침대
[teu-win-chim-dae]
雙單人床（twin）

Chapter 5

22 住宿服務

23 飯店／商務旅館

24 旅館

25 民宿／青年旅館

26 汗蒸幕

代表句型

○○○○○ 고장났어요 .
[○○○○○ go-jang-na-sseo-yo] ○○○○○壞掉了。

▶ 單字

🔥 에어컨
[e-eo-keon]
冷氣

🔥 히터
[hi-teo]
暖器

🔥 냉장고
[naeng-jang-go]
冰箱

🔥 커피포트 / 티포트
[keo-pi-po-teu / ti-po-teu]
電水壺

▶ 一起說說看！

A（房客）：커피포트 고장났어요 .
[keo-pi-po-teu go-jang-na-sseo-yo] 電水壺壞掉了。

커피포트 바꿔 주세요 .
[keo-pi-po-teu ba-ggwo ju-se-yo] 幫我換電水壺。

B（飯店）：바꿔 드리겠습니다 .
[ba-ggwo deu-li-get-seum-ni-da] 幫您更換。

Chapter 5

22 숙소 서비스

23 호텔／비즈니스호텔

24 모텔

25 민박／게스트하우스

26 찜질방

24 모텔

[mo-tel] 旅館 ••• MP3-28

說明 若在韓國想找高 CP 值的住宿，除了飯店就是旅館了。旅館通常位於小巷子裡面，且沒有提供早餐，所以入住前，需要多詢問旅館周邊的環境。

代表句型 **근처에 ○○○○○ 있어요 ?**
[geun-cheo-e ○○○○○ i-sseo-yo] 附近有○○○○○嗎？

▶ 單字

아침 식당
[a-chim sik-dang]
早餐餐廳

편의점
[pyeo-nui-jeom]
便利商店

약국
[yak-guk]
藥局

병원
[byeong-won]
醫院

지하철역
[ji-ha-cheol-lyeok]
地下鐵站

찜질방
[jjim-jil-bang]
汗蒸幕

슈퍼마켓
[syu-peo-ma-ket]
超市

마트 / 대형마트
[ma-teu / dae-hyeong-ma-teu]
大賣場

▶ 一起說說看！

A（客人）：**근처에 편의점 있어요 ?**
[geun-cheo-e pyeo-nui-jeom i-sseo-yo] 附近有便利商店嗎？

B（員工）：**예 , 있어요 .** [ye, i-sseo-yo] 是，有的。

Chapter 5

22 住宿服務

23 飯店／商務旅館

24 旅館

25 民宿／青年旅館

26 汗蒸幕

代表句型

○○○○○ 얼마예요 ？
[○○○○○ eol-ma-ye-yo] ○○○○○的費用多少錢？

▶ 單字

🔥 1 박
[il-bak]
1 晚

🔥 하루
[ha-lu]
一天

🔥 1 인실
[i-lin-sil]
1 人房

🔥 2 인실
[i-in-sil]
2 人房

🔥 3 인실
[sa-min-sil]
3 人房

🔥 4 인실
[sa-in-sil]
4 人房

▶ 一起說說看！

A（房客）：**1 박 얼마예요 ？** [il-bak eol-ma-ye-yo] 1 晚的費用多少錢？

B（飯店）：**하루 오만원이에요 .** [ha-lu o-ma-nwo-ni-e-yo] 一天五萬圓。

代表句型

○○○일까지 돼요 ？
[○○○ -il-gga-ji dwae-yo] 可以延期到○○○嗎？

○○○ 더 돼요 ？
[○○○ deo dwae-yo] 可以多待○○○天嗎？

▶ 一起說說看！

A（客人）：**하루 더 돼요 ？** [ha-lu deo dwae-yo] 請問可以多待一天嗎？

B（員工）：**예 , 돼요 .** [ye, dwae-yo] 是，可以。

　　　　　방 있어요 . [bang i-sseo-yo] 有房間。

25 민박 / 게스트하우스

[min-bak / ge-seu-teu ha-u-seu] 民宿 / 青年旅館 ⇢ MP3-29

說明 韓國的民宿或青年旅館與一般飯店及旅館相比，房型及服務等項目稍有
不同。尤其是民宿及青年旅館有公用設施可以使用，如微波爐、洗衣機
等家電。若機器上按鍵全都是韓文，如果沒有當地人的幫忙，就試著把
下面相關單字學起來，自己試試看。

代表句型

○○○ 있어요 ?
[○○○ i-sseo-yo] 有○○○嗎 ?

▶ 單字

빈방
[bin-bang]
空房

2 인실
[i-in-sil]
2 人房

4 인실
[sa-in-sil]
4 人房

6 인실
[yu-gin-sil]
6 人房

단체실
[dan-che-sil]
團體房

Chapter 5

22 住宿服務

23 飯店／商務旅館

24 旅館

25 民宿／青年旅館

26 汗蒸幕

<table>
<tr><td>代表
句型</td><td>○○○으로 바꿔 주세요 .
[○○○ -eu-lo ba-kkwo ju-se-yo] 請幫我換○○○。</td></tr>
</table>

▶ 單字

🔥 **침대방**
[chim-dae-bang]
洋房

🔥 **온돌방**
[on-dol-bang]
火炕房

🔥 **큰 방**
[keun bang]
大房間

🔥 **작은 방**
[ja-geun-bang]
小房間

🔥 **다른 방**
[da-leun bang]
別的房間

🔥 **같은 층**
[ga-teun cheung]
同一層樓

▶ 一起說說看！

A（客人）：**온돌방으로 바꿔 주세요 .**
[on-dol-bang-eu-lo ba-ggwo ju-se-yo] 請幫我換成火炕房。

B（員工）：**예 , 알겠습니다 .**
[ye, al-get-sseum-ni-da] 好，了解。

<table>
<tr><td>代表
句型</td><td>○○○○○ 돼요 ?
[○○○○○ dwae-yo] 可以○○○○○嗎？</td></tr>
</table>

▶ 單字

🔥 **샤워**
[sya-wo]
淋浴

🔥 **와이파이**
[wa-i-pa-i]
Wi-Fi

🔥 **짐 보관**
[jim bo-gwan]
保管行李

▶ 一起說說看！

A（客人）：**와이파이 돼요 ?** [wa-i-pa-i dwae-yo] 可以使用 Wi-Fi 嗎？

B（員工）：**예 , 돼요 .** [ye, dwae-yo] 是，可以的。

A（客人）：**비밀번호 뭐예요 ?** [bi-mil-beon-ho mwo-ye-yo] 密碼是什麼？

代表句型	○○○○○ 어떻게 써요 ?
	[○○○○○ eo-ddeo-ke sseo-yo]　怎麼使用○○○○○ ?

▶ 單字

👆이거

[i-geo]
這個

👆전자렌지

[jeo-ja-
len-ji]
微波爐

👆커피포트

[keo-pi-po-teu]
電水壺

👆세탁기

[se-tak-gi]
洗衣機

▶ 一起說說看！

A (客人) : **이거 어떻게 써요 ?** [i-geo eo-ddeo-ke sseo-yo] 這個怎麼使用 ?

B (員工) : **예 , 도와 드릴게요 .** [ye, do-wa deu-lil-ge-yo] 好，我幫您。

Chapter 5

22 住宿服務

23 飯店／商務旅館

24 旅館

25 民宿／青年旅館

26 汗蒸幕

26 찜질방

[jjim-jil-bang] 汗蒸幕 ››› MP3-30

說明 韓國汗蒸幕通常為 24 小時營業，依各家汗蒸幕規模大小，較大的汗蒸幕會有男女獨立空間的睡眠室，可以讓客人睡覺或過夜，如果需要睡袋的話，有時需支付額外的費用。

▶ 單字

汗蒸幕房間種類

냉방
[naeng-bang]
冷房

온돌방
[on-dol-bang]
火炕房（溫突房）

황토방
[hwang-to-bang]
黃土房

소금방
[so-geum-bang]
海鹽房

가마솥방
[ga-ma-sot-bang]
鐵鍋房

옥돌방
[ok-dol-bang]
玉石坊

代表句型

購買門票時

여자 ○○ 주세요. [yeo-ja ○○ ju-se-yo] 請給我○○個女生（的票）。

남자 ○○ 주세요. [nam-ja ○○ ju-se-y] 請給我○○個男生（的票）。

하나	둘	셋	넷	다섯
[ha-na]	[dul]	[set]	[net]	[da-seot]
一	二	三	四	五

Chapter 5

22 숙소 서비스

23 호텔／비즈니스 호텔

24 모텔

25 민박／케스트 하우스

26 찜질방

▶ 一起說說看！（當數字沒有加上量詞時，念出原本的發音即可）

A : **여자 둘 주세요 .** [yeo-ja dul ju-se-yo] 我要二個女生（的票）。

B : **예 , 만육천 원요 .** [ye, man-yuk-cheo-nwo-nyo] 好，總共一萬六千圓。

<table>
<tr><td>代表
句型</td><td>**안에 ○○○ 있어요 ?**
[a-ne ○○○ i-sseo-yo] 裡面有○○○嗎？</td></tr>
</table>

▶ 單字

👆**수건**
[su-geon]
毛巾

👆**샴푸**
[syam-pu]
洗髮精

👆**린스**
[lin-seu]
潤髮乳

👆**비누**
[bi-nu]
肥皂

👆**와이파이**
[wa-i-pa-i]
Wi-Fi

▶ 一起說說看！

A : **안에 수건 있어요 ?** [a-ne su-geon i-sseo-yo] 裡面有毛巾嗎？

B : **수건 없어요 .** [su-geon eop-seo-yo] 沒有毛巾。

Chapter 5

22 住宿服務

23 飯店、商務旅館

24 旅館

25 民宿、青年旅館

26 汗蒸幕

代表句型	○○○○○ 보관해 주세요 .
	[○○○○○ bo-gwan-hae ju-se-yo] 請幫我保管○○○○○。

▶ 單字

🖐 짐
[jim]
行李

🖐 핸드백
[haen-deu-baek]
手提包

🖐 가방
[ga-bang]
包包

🖐 지갑
[ji-gap]
錢包

🖐 우산
[u-san]
雨傘

▶ 一起說說看！

A : 짐 보관해 주세요 .

[jim bo-gwan-hae ju-se-yo] 請幫我保管行李。

B : 예 , 짐 주세요 .

[ye, jim ju-se-yo] 好，請給我您的行李。

Chapter 5

22 숙소 서비스

23 호텔／비즈니스호텔

24 모텔

25 민박、게스트하우스

26 찜질방

韓國住宅文化——

온돌（방）[on-dol (bang)] 火炕房（溫突房）

　　在韓國電視劇或電影中常見的火炕房，是韓國傳統房屋的暖房設施。韓國大部分的家庭仍習慣席地而坐、席地而臥，而韓國人之所以還能保留著席地而坐或臥的文化，就是因為室內就是一個大暖炕。大暖炕式的房屋不僅室內保暖，還有除濕的作用。隨著時代的變遷，韓國人還將這種取暖的方法不斷改良，形成了他們特有的暖炕文化。

　　韓國氣候一年四季分明，冬季為 12 月到隔年 3 月，最低溫可以到攝氏零下 10 度左右。為了對抗寒冷的氣候，可追溯到韓國的三國時代（公元前 57 ～ 668 年），當時就有了最早期的暖炕，稱之為「溫突」（온돌）[on-dol]。到了高麗末期（約 14 世紀），暖炕技術普及於整個韓半島，透過不斷的技術改良，至今採以鍋爐及水管導熱的方式，作為現在韓國室內取暖的設施。

　　若想要多體驗韓國的傳統文化，開朗歐巴強力推薦您住住看韓式溫突房。而這些房間，為了讓客人有更舒適的睡眠品質，有時還會準備較厚的棉被或床墊呢！

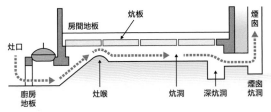

Chapter 6

쇼핑 / 구매

[shyo-ping / gu-mae]
逛街 / 購物

【開朗先生告訴你：韓國便利商店】

到韓國旅遊，購物絕對是必備行程之一。在首爾，如弘大、明洞、樂天超市、江南地下街、永登浦地下街、新沙洞、東大門、建大、梨大、新村、梨泰院等，都是能夠滿載而歸的購物地點。而在釜山的購物天堂，有西面、南浦洞、Centum City（新世界百貨、樂天百貨）。在大邱則有東城路、新世界百貨等。除了熱門的購物商圈外，近幾年許多旅客到韓國必訪的地方，就是大賣場及傳統市場，它們有不同的特色，而且裡面各式各樣的商品能大大滿足旅客們的需求，所以受到歡迎。

　　其實在世界各地購物時所用的對話內容都大同小異，而韓語也有許多英語發音的外來語，都是好記的單字，所以到韓國旅遊前，先認識幾句購物常用的句子或單字，除了增加旅途的樂趣，說不定老闆還會給你優惠喔！

Chapter 6

27
百貨公司・大賣場

28
服飾店

29
化妝品店

30
鞋店

31
飾品

32
包包店

33
便利商店

27 백화점 / 마트

[bae-kwa-jeom / ma-teu] 百貨公司 / 大賣場 ⋯ MP3-31

說明 購物是旅行中最有樂趣的行程之一，如果想要計畫性的購物，可以利用百貨公司換季有折扣活動時再購物，大賣場也會有不定期的買一送一活動。當然要去血拼之前，也要先認識購物的相關單字。

代表句型

○○○○○ 몇 층에 있어요 ?

[○○○○○ myeot cheung-e i-sseo-yo] ○○○○○在幾樓？

▶ 單字

여성캐주얼
[yeo-seong-
kae-ju-eol]
女性休閒裝

여성정장
[yeo-seong-
jeong-jang]
女性套裝

남성캐주얼
[nam-seong-
kae-ju-eol]
男性休閒裝

남성정장
[nam-seong-
jeong-jang]
男性西裝

음료
[eum-nyo]
飲料

식품
[sik-pum]
食品

과자
[gwa-ja]
餅乾

과일
[gwa-il]
水果

식당가
[sik-dang-ga]
美食街

주방용품
[ju-bang-yong-pum]
廚房用品

내의 = 속옷
[nae-ui]　[so-got]
內衣

팬티
[pan-ti]
內褲

브래지어
[beu-lae-ji-eo]
胸罩

양말
[yang-mal]
襪子

스타킹
[seu-ta-king]
絲襪

Chapter 6

27 백화점/마트

28 옷가게

29 화장품가게

30 신발가게

31 악세서리

32 가방가게

33 편의점

👋 **패션잡화**
[pae-syeon-ja-pwa]
時尚皮件

👋 **지갑**
[ji-gap]
皮夾

👋 **벨트**
[bel-teu]
皮帶

👋 **가방**
[ga-bang]
包包

👋 **구두**
[gu-du]
皮鞋

층별 [cheong-byeol] 樓層

👋 **일층**
[il-cheung]
1 樓

👋 **이층**
[i-cheung]
2 樓

👋 **삼층**
[sam-cheung]
3 樓

👋 **사층**
[sa-cheung]
4 樓

👋 **오층**
[o-cheung]
5 樓

👋 **육층**
[yuk-cheung]
6 樓

👋 **칠층**
[chil-cheung]
7 樓

👋 **팔층**
[pal-cheung]
8 樓

👋 **구층**
[gu-cheung]
9 樓

👋 **십층**
[sip-cheung]
10 樓

Chapter 6

27
百貨公司／大賣場

28
服飾店

29
化妝品店

30
鞋店

31
飾品

32
包包店

33
便利商店

▶ 一起說說看！

A：**여성캐주얼 몇 층에 있어요 ?**
[yeo-seong-kae-ju-eol myeot cheung-e i-sseo-yo ？] 女性休閒裝在幾樓？

B：**삼층에 있어요 .** [sam-cheung-e i-sseo-yo.] 在 3 樓。

[開朗歐巴的꿀팁]

💬 **이거 세일해요 ?**
[i-geo se-il-hae-yo] 請問這個有打折嗎？

💬 **이거 할인해요 ?**
[i-geo ha-lin-hae-yo] 請問這個有打折嗎？

說明 「打折」或「折扣」有 2 種說法，「세일」[se-il] 及「할인」[ha-lin]。
其中「세일」[se-il] 是源自英語「on sale for」（販售）中「sale」的外來語，
另外「할인」[ha-lin] 則是漢字「割引」的發音，實際上「세일」、「할인」
兩種用詞可混合使用。

例如 세일가격 [se-il-ga-gyeok] ＝ 할인가격 [ha-lin-ga-gyeok]，特惠價格。

▶ 一起說說看！

A：**이거 세일해요 ?** [i-geo se-il hae-yo] 請問這有打折嗎？

B：**예 , 세일가격이에요 .** [ye, se-il ga-gyeo-gi-e-yo] 有，（這已經）是特價價格。

28 옷 가게

[ot ga-ge] 服飾店 ···› MP3-32

27 백화점 / 마트
28 옷 가게
29 화장품 가게
30 신발 가게
31 악세서리
32 가방 가게
33 편의점

說明 首爾的明洞、新村，以及釜山的南浦洞，跟大邱的東城路等鬧區都有許多的服裝店。一般說來，韓國服裝尺寸標示與台灣相同，分成XS、S、M、L、XL 等，而有些女裝的尺寸會用數字來區分，如 44（S）、55（M）、66（L），77（XL）。

[開朗歐巴的꿀팁]

💬 **이거 입어 봐도 돼요 ?**
[i-geo i-beo-bwa-do dwae-yo] 可以試穿這件嗎 ？

💬 **피팅룸 어디 있어요 ?**
[pi-ting-lum eo-di i-sseo-yo] 更衣室在哪裡 ？

▶ 單字

👆 **피팅룸（fitting room）/ 탈의실**
[pi-ting-lum / ta-lui-sil]
更衣室

▶ 一起說說看！

A : **이거 입어 봐도 돼요 ?** [i-geo i-beo-bwa-do dwae-yo] 可以試穿這件嗎 ？

B : **예 , 피팅룸 저기 있어요 .** [ye, pi-ting-lum jeo-gi i-sseo-yo] 可以，更衣室在那裡。

Chapter 6

27 百貨公司／大賣場

28 服飾店

29 化妝品店

30 鞋店

31 飾品

32 包包店

33 便利商店

| 代表句型 | ○○○○○ 있어요 ?
[○○○○○ i-sseo-yo] ○○○○○有嗎？ |

▶ 單字

크기
[keu-gi]
大小

사이즈
[sa-i-jeu] 尺寸

색깔
[saek-ggal]
顏色

어두운 색
[eo-du-un saek]
暗色

검정색
[geom-jeong-saek]
黑色

회색
[hui-saek]
灰色

남색
[nam-saek]
深藍色

청색
[cheong-saek]
青綠色

보라색
[bo-la-saek]
紫色

밝은 색
[bal-geun-saek]
亮色

흰색
[huin-saek]
白色

노란색
[no-lan-saek]
黃色

빨간색
[bbal-gan-saek]
紅色

주황색
[ju-hwang-saek]
橘色

▶ 一起說說看！

A : **S 사이즈 있어요 ?** [S sa-i-jeu i-sseo-yo] 有 S 號嗎？

B : **잠시만요 .** [jam-si-man-yo] 稍等我一下。

▶ 一起說說看！

A : **마음에 들어요 ?** [ma-eu-me deu-leo-yo] 喜歡這件嗎？

B : **밝은 색 없어요 ?** [bal-geun-saek eop-seo-yo] 有沒有亮一點的顏色？

A : **여기 있어요 .** [yeo-gi i-sseo-yo] 這裡有。

27 백화점／마트

28 옷 가게

29 화장품 가게

30 신발 가게

31 악세서리

32 가방 가게

33 편의점

Chapter 6

27 百貨公司·大賣場

28 服飾店

29 化妝品店

30 鞋店

31 飾品

32 包包店

33 便利商店

29 화장품 가게

[hwa-jang-pum ga-ge] 化妝品店 ››› MP3-33

說明 到韓國必買商品之一就是彩妝及保養品，幾乎所有店家都有試用品，只要有購買的話，店家都會提供一些贈品。若想要試用，或想要多拿贈品的話，該怎麼説呢？以下整理了彩妝店常使用的句型和單字，記起來吧！

[開朗歐巴的꿀팁]

💬 **이거 써 봐도 돼요 ?**
[i-geo sseo bwa-do dwae-yo]
這個可以試用一下嗎？

💬 **샘플 좀 주세요 .**
[saem-peul jom ju-se-yo]
請給我一些贈品。

★ 샘플 [saem-peul] 贈品（樣品）

代表句型	○○○○○ **좀 보여 주세요 .** [○○○○○ jom bo-yeo-ju-se-yo] 請給我看○○○○○。

▶ 單字

💅 **화장품**
[hwa-jang-pum]
化妝品

💅 **클렌징오일**
[keul-len-jing-o-il]
卸妝油

💅 **세안폼**
[se-an-pom]
洗面泡沫

Chapter 6

27 백화점 / 마트

28 옷 가게

29 화장품 가게

30 신발 가게

31 악세서리

32 가방 가게

33 편의점

🖕 **기초화장품**
[gi-cho-hwa-jang-pum]
基礎化妝品

🖕 **스킨 / 토너**
[seu-kin / to-neo]
化妝水

🖕 **로션**
[lo-seyn]
乳液

🖕 **선크림**
[seon-keu-lim]
防曬乳

🖕 **BB 크림**
[BB keu-lim]
BB 霜

🖕 **파운데이션**
[pa-un-dae-i-syeon]
粉底 (make-up foundation)

🖕 **색조화장품**
[saek-jo-hwa-jang-pum]
色彩化妝品

🖕 **립스틱**
[lip-seu-tik]
口紅

🖕 **마스크팩**
[ma-seu-keu-paek]
面膜

🖕 **브러쉬**
[beu-leo-sui]
刷具

🖕 **고데기**
[go-de-gi]
卷髮器

🖕 **수분크림**
[su-bun-keu-lim]
保濕面霜

▶ 一起説説看！

A : **파운데이션 좀 보여 주세요 .**
[pa-un-dae-i-syeon jom bo-yeo ju-se-yo] 請給我看粉底。

B : **여기 있어요 .** [yeo-gi i-sseo-yo] 在這裡。

A : **이거 써 봐도 돼요 ?** [i-geo sseo bwa-do dwae-yo] 這個可以試用一下嗎？

Chapter 6

27 百貨公司·大賣場

28 服飾店

29 化妝品店

30 鞋店

31 飾品

32 包包店

33 便利商店

30 신발 가게

[sin-bal ga-ge] 鞋店 ··· MP3-34

說明 韓國鞋子的尺寸單位與臺灣不同，韓國採用的是「釐米」（mm），因此臺灣的 24 號，等同韓國的 240mm；而 24.5 號等於 245mm，以此類推。

代表句型

○○○○○ **주세요 .**
[○○○○○ ju-se-yo] 我要○○○○○。

▶ 單字

👆 **사이즈 / 치수**
[sa-i-jeu / chi-su]
尺寸

👆 **색깔 / 색상**
[saek-ggal / saek-sang]
顏色

👆 **신발류**
[sin-bal-lyu]
鞋類

👆 **구두**
[gu-du]
皮鞋

👆 **샌들**
[saen-deul]
涼鞋

👆 **부츠**
[bu-cheu]
靴子

👆 **슬리퍼**
[seul-li-peo]
拖鞋

👆 **운동화**
[un-dong-hwa]
運動鞋

👆 **조깅화**
[jo-ging-hwa]
慢跑鞋

👆 **등산화**
[deung-san-hwa]
登山鞋

▶ 一起說說看！

A：**뭐 찾으세요?** [mwo cha-jeu-se-yo] 請問您找什麼？

B：**샌들 있어요?** [saen-deul i-sseo-yo] 請問有涼鞋嗎？

230 주세요. [i-baek-sam-sip ju-se-yo] 請給我 230（23 號）。

[開朗歐巴的꿀팁]

💬 **이거 신어 봐도 돼요?**
[i-geo si-neo bwa-do dwae-yo]
我可以試穿這雙嗎？

▶ 一起說說看！

A：**이거 신어 봐도 돼요?** [i-geo si-neo bwa-do dwae-yo] 我可以試穿這雙嗎？

B：**사이즈 뭐예요?** [sa-i-jeu mwo-ye-yo] 請問您的尺寸是？

A：**235 주세요.** [i-baek-sam-si-bo ju-se-yo] 請給我 235（23.5 號）。

27 백화점／마트
28 옷가게
29 화장품가게
30 신발가게
31 악세서리
32 가방가게
33 편의점

Chapter 6

27 百貨公司、大賣場

28 服飾店

29 化妝品店

30 鞋店

31 飾品

32 包包店

33 便利商店

31 악세서리

[ak-se-seo-li] 飾品 ⟩⟩⟩ MP3-35

說明 韓國飾品也是遊客愛買的商品之一，在市區商家、大賣場以及傳統市場都可以買到。購買飾品前可以先詢問能不能「試戴」。本章節整理了飾品相關單字及句型如下。

代表句型

○○○ 해 봐도 돼요 ?
[○○○ hae bwa-do dwae-yo] 我可以試戴○○○嗎？

▶ 單字

🔥 **안경**
[an-gyeong]
眼鏡

🔥 **선글라스**
[seon-geul-la-seu]
墨鏡

🔥 **장갑**
[jang-gap]
手套

🔥 **반지**
[ban-ji]
戒指

🔥 **귀걸이**
[gui-geo-li]
耳環

🔥 **목걸이**
[mo-geo-li]
項鍊

代表句型

○○○○○ 볼 수 있어요 ?
[○○○○○ bol su i-sseo-yo] 可以看看○○○○○嗎？

▶ 單字

🔥 **이거**
[i-geo]
這個

🔥 **저거**
[jeo-geo]
那個（離話者和聽者都有距離的位置）

🔥 **그거**
[geu-geo]
那個（在靠近店員的位置）

Chapter 6

27 백화점 / 마트

28 옷 가게

29 화장품 가게

30 신발 가게

31 악세서리

32 가방 가게

33 편의점

▶ 一起説説看！

A : **저거 보여 주세요 .** [jeo-geo bo-yeo ju-se-yo] 我想看這個那個。

B : **이거요 ?** [i-geo-yo] 這個嗎？

이거 인기상품이에요 . [i-geo in-gi-sang-pu-mi-e-yo] 這個是人氣商品。

▶ 單字

🔥 **머리띠**
[meo-li-ddi]
髮箍

🔥 **머리핀**
[meo-li-pin]
髮夾

🔥 **헤어밴드 / 곱창밴드**
[he-eo-baen-deu / gop-chang-baen-deu]
髮帶

🔥 **모자**
[mo-ja]
帽子

🔥 **장갑**
[jang-gap]
手套

🔥 **팔찌**
[pal-jji]
手鍊

🔥 **발찌**
[bal-jji]
腳鏈

🔥 **양말**
[yang-mal]
襪子

🔥 **무늬**
[mu-nui]
花紋

🔥 **기념품**
[gi-nyeom-pum]
紀念品

代表句型
○○○○○ 돼요 ?
[○○○○○ dwae-yo] 請問可以○○○○○嗎？

▶ 單字

🔥 **포장**
[po-jang]
包裝

🔥 **할인**
[ha-lin]
折扣

🔥 **배달**
[bae-dal]
送貨

▶ 一起說說看！

A : **포장 돼요？** [po-jang dwae-yo] 可以幫我包裝好嗎？

B : **예 , 돼요 .** [ye, dwae-yo] 是，可以。

32 가방 가게

[ga-bang ga-ge] 包包店 ››› MP3-36

27 백화점/마트

28 옷가게

29 화장품가게

30 신발가게

31 악세서리

32 가방가게

33 편의점

說明 女生包包的種類較多，每一款都有各自的名稱，而包包的名稱大多為外來語，所以認識起來一點也不陌生。

> 代表句型
>
> ○○○ 좀 보려고요 .
> [○○○ jom bo-lyeo-go-yo] 我在找○○○。

▶ 單字

🔥 **크로스백**
[keu-lo-seu-baek]
斜背包

🔥 **백팩**
[baek-paek]
背包

🔥 **쇼퍼백**
[syo-peo-baek]
購物包

🔥 **숄더백**
[syol-deo-baek]
肩背包

🔥 **서류가방**
[seo-lyu-ga-bang]
公事包

🔥 **여행가방**
[yeo-haeng-ga-bang]
旅行袋

🔥 **캐리어**
[kae-li-eo]
行李箱

▶ 一起說說看！

A（店員）：**뭐 찾으세요 ?** [mwo cha-jeu-seo-yo] 請問找什麼？

B（客人）：**숄더백 좀 보려고요 .** [syol-deo-baek jom bo-lyeo-go-yo] 我在找肩背包。

Chapter 6

27 百貨公司／大賣場

28 服飾店

29 化妝品店

30 鞋店

31 飾品

32 包包店

33 便利商店

<table>
<tr><td>代表句型</td><td>○○○○○○ 이상해요 .
[○○○○○ i-sang-hae-yo] ○○○○○怪怪的。</td></tr>
</table>

▶ 單字

🔥 지퍼
[ji-peo]
拉鍊

🔥 손잡이
[son-ja-bi]
手把

🔥 쇼퍼백
[syo-peo-baek]
購物包

🔥 줄
[jul]
線

🔥 내피
[nae-pi]
內皮

🔥 외피
[oe-pi]
外皮

▶ 一起説説看！

A（店員）：**왜 그러세요 ?** [wae geu-leo-se-yo] 請問有什麼問題？（怎麼了嗎？）

B（客人）：**지퍼 이상해요 .** [ji-peo i-sang-hae-yo] 拉鍊怪怪的。

▶ 單字

🔥 소재
[so-jae]
材料

🔥 가죽
[ga-juk]
（真）皮

🔥 인조가죽
[in-jo-ga-juk]
人造皮

🔥 면
[myeon]
棉

🔥 천
[cheon]
布

🔥 플라스틱
[peul-la-seu-tik]
塑膠

▶ 一起説説看！

A（客人）：**지퍼 이상해요 .** [ji-peo i-sang-hae-yo] 拉鍊怪怪的。

B（店員）：**제가 볼게요 .** [je-ga bol-ge-yo] 我來看看。

▶ 一起説説看！

A（客人）：**이거 가죽이에요？** [i-geo ga-ju-gi-e-yo] 這個是皮的嗎？

B（店員）：**예 , 맞아요 .** [ye, ma-ja-yo] 是，沒錯。

27 백화점 / 마트

28 옷 가게

29 화장품 가게

30 신발 가게

31 악세서리

32 가방 가게

33 편의점

Chapter 6

27 百貨公司／大賣場

28 服飾店

29 化妝品店

30 鞋店

31 飾品

32 包包店

33 便利商店

33 편의점

[pyeo-nui-jeom] 便利商店 ··· MP3-37

說明 韓國最近這幾年便利商店數量暴增，使用率很高，已經成為韓國人生活中的一部分。以下整理了在便利商店買東西時常用的單字及句型，很好用喔！

[開朗歐巴的꿀팁]

💬 **근처에 편의점 있어요？**

[geun-cheo-e pyeo-ni-jeom i-sseo-yo]

這附近有便利商店嗎？

代表句型

○○○○○ 있어요？

[○○○○○ i-sseo-yo] 請問有○○○○○嗎？

○○○○○ 없어요？

[○○○○○ eop-seo-yo] 請問沒有○○○○○嗎？

▶ 單字

🖐 **생활용품**

[saeng-hwal-lyong-pum]
生活用品

🖐 **치약**

[chi-yak]
牙膏

🖐 **칫솔**

[chit-sol]
牙刷

🖐 **봉지**

[bong-ji]
塑膠袋

🖐 **젓가락**

[jeot-ga-lak]
筷子

🖐 **빨대**

[bbal-dae]
吸管

🔥 **생리대**
[sang-ni-dae]
衛生棉

🔥 **휴지**
[hyu-ji]
面紙

🔥 **면도기**
[myeon-do-gi]
刮鬍刀

🔥 **병따개**
[byeong-dda-gae]
開瓶器

🔥 **교통카드**
[gyo-tong-ka-deu]
交通卡

🔥 **가글**
[ga-geul]
漱口水

🔥 **식품**
[sik-pum]
食品

🔥 **컵라면**
[keom-na-myeon]
杯麵

🔥 **과자**
[gwa-ja]
餅乾

🔥 **껌**
[ggeom]
口香糖

🔥 **물**
[mul]
水

🔥 **시원한 물**
[si-won-han mul]
冷水

🔥 **미지근한 물**
[mi-ji-geun-han mul]
常溫水

🔥 **따뜻한 물**
[dda-ddeu-tan mul]
溫水

🔥 **뜨거운 물**
[ddeu-geo-un mul]
熱水

▶ 一起說說看！

A : **빨대 있어요 ?** [bbal-dae i-sseo-yo] 請問有吸管嗎？

B : **예 , 여기요 .** [ye, yeo-gi-yo] 有，在這裡。

▶ 一起說說看！

A : **봉지 있어요 ?** [bong-ji i-sseo-yo] 請問有塑膠袋嗎？

B : **예 , 50 원이에요 .** [ye, o-si-bwo-ni-e-yo] 有，是 50 韓元。

Chapter 6

27 百貨公司 大賣場

28 服飾店

29 化妝品店

30 鞋店

31 飾品

32 包包店

33 便利商店

開朗歐巴告訴你

韓國便利商店

　　根據統計，韓國的便利商店於 2018 年底已經超過 4 萬家，不過可以發現，便利商店比較少出現在大馬路上，通常位於大廈內或巷口。便利商店已經成為韓國當地人生活的一部分。其中以 CU 及 GS25 兩家的市場占有率最高，另外還有 emart24、7-11、Mini-Stop、Family Mart（全家）等廠商。

Chapter 6

27 백화점 / 마트

28 옷 가게

29 화장품 가게

30 신발 가게

31 악세서리

32 가방 가게

33 편의점

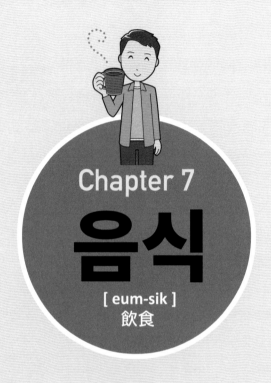

Chapter 7

음식

[eum-sik]
飲食

【 開朗先生告訴你：韓國「湯」文化 】

美食也是旅行的樂趣之一，在韓國有許多受歡迎的餐廳，也有豐富多樣的美食，但大多數旅客對韓國料理的印象就是「辣」，好像每一道韓國料理都是紅通通的辣椒做的，還有對韓國酒的印象只有馬格力（小米酒），真是大錯特錯啦！依韓國史料指出，在韓國，辣椒醬及辣椒粉的使用歷史已經超過 1000 年，不管是醬或粉，都只是提味或是增加料理色彩的調味料而已，辣度還不及四川料理呢！

　　其實韓國料理中所使用的辣椒醬或辣椒粉味道並不辣，反而還帶了些甜味，另外，還是有很多韓國料理是不使用辣椒的，如清湯類的人蔘雞湯、豬肉湯飯，或是煎餅類的綠豆煎餅、海鮮煎餅，還有麵類的炸醬麵、刀削麵等，都是不吃辣的人可以嘗試的韓國菜喔！而且韓國的酒類也很多樣，除了傳統酒類，如小米酒、冬冬酒，還有韓劇中常看到的燒酒，以及味道香甜受女性喜愛的覆盆子酒。

　　這個單元，將會帶大家認識多樣的韓國料理及酒類，還會教你怎麼點道地的韓國美食，到韓國時，記得用韓語點餐，露一手給老闆瞧瞧喔！

34 일반식당

[il-ban-sik-dang] 一般餐廳 ⋙ MP3-38

說明 在韓國，除非是聚餐或大型活動，不然通常不會先預約，而大部分的餐廳不會有下午休息時間，甚至還有許多 24 小時營業的連鎖餐廳。

[開朗歐巴的꿀팁]

💬 **자리 있어요 ?**

[ja-li i-sseo-yo] 請問有位子嗎？

▶ 一起說說看！

A（店員）：**어서 오세요 .** [eo-seo o-se-yo] 歡迎光臨。

B（客人）：**자리 있어요 ?** [ja-li i-sseo-yo] 請問有位子嗎？

代表句型
○○○ 명이요 .
[○○○ -myeong-i-yo] 是○○○個人。

▶ 單字

✋**한**	✋**두**	✋**세**	✋**네**	✋**다섯**
[han]	[du]	[se]	[ne]	[da-seot]
一	二	三	四	五

✋**여섯**	✋**일곱**	✋**여덟**	✋**아홉**	✋**열**
[yeo-seot]	[il-gop]	[yeo-deol]	[a-hop]	[yeol]
六	七	八	九	十

▶ 一起説説看！

A（店員）：**몇 분이세요 ?** [myeot bu-ni-se-yo] 請問幾位？

B（客人）：**세 명이요 .** [se myeong-i-yo] 三個人。

代表句型	○○○○○ 좀 주세요 . [○○○○○ jom ju-se-yo] 請給○○○○○。

▶ 單字

✋ **메뉴판**
[me-nyu-pan]
菜單

✋ **수저**
[su-jeo]
湯匙筷子

✋ **그릇**
[geu-leut]
碗

✋ **물**
[mul]
水

✋ **물컵**
[mul-keop]
水杯

✋ **앞접시**
[ap-jeop-si]
小盤子

✋ **냅킨**
[naep-kin]
餐巾紙

✋ **병따개 / 오프너**
[beong-dda-gae / o-peu-neo]
開瓶器

▶ 一起説説看！

A：**메뉴판 좀 주세요 .** [me-nyu-pan jom ju-se-yo] 請給我菜單。

B：**예 , 여기요 .** [ye, yeo-gi-yo] 好，在這裡。

Chapter 7

34
一般餐廳

35
韓食

36
小吃

37
食物喜好

38
飲料・甜點

39
點飲料

40
傳統酒

41
電話外送

35 한식

[han-sik] 韓食 ··· MP3-39

 說明 韓國料理大多味道偏辣，但大部分料理都可以調整辣度，那麼，想調整辣度時該怎麼說呢？另外，餐廳的小菜吃不夠時還可以追加，想追加小菜時又該怎麼說呢？

代表句型	○○○○○ 해 주세요 . [○○○○○ hae ju-se-yo] 我要○○○○○。

▶ 單字

🌶 **매운 정도**
[mae-un jeong-do]
辣度

🌶 **안 맵게**
[an maep-ge]
不辣

🌶 **덜 맵게**
[deol maep-ge]
小辣

🌶 **보통 맵게**
[bo-tong maep-ge]
普通辣

🌶 **맵게**
[maep-ge]
辣一點

🌶 **아주 맵게**
[a-ju maep-ge]
非常辣

▶ **一起說說看！**

A（店員）：**요리 어떻게 해 드릴까요 ?**
[yo-li eo-ddeo-ke hae deu-lil-gga-yo] 料理要怎麼幫您做呢？

B（客人）：**안 맵게 해 주세요 .**
[an maep-ge hae ju-se-yo] 請幫我做不辣的。

Chapter 7

34 일반식당
35 한식
36 분식
37 음식기호
38 음료／후식（디저트）
39 음료주문
40 전통술
41 전화배달

<table>
<tr><td colspan="2">代表
句型</td><td>○○○○○ 좀 더 주세요 .
[○○○○○ jom deo ju-se-yo] 請給我○○○○○。</td></tr>
</table>

▶ 單字

반찬
[ban-chan]
小菜

김치
[gim-chi]
泡菜

상추
[sang-chu]
生菜

참기름
[cham-gi-leum]
香油

간장
[gan-jang]
醬油

소금
[so-geum]
鹽巴

깍두기
[ggak-du-gi]
蘿蔔泡菜

국물
[gung-mul]
湯；高湯

야채
[ya-chae]
青菜

한식메뉴
[han-sik-me-nyu]
韓式菜單

정식
[jeong-sik]
定食

한정식
[han-jeong-sik]
韓定食

세트메뉴
[se-teu-me-nyu]
套餐

고기
[go-gi]
肉

불고기
[bul-go-gi]
烤肉

소고기
[so-go-gi]
牛肉

안심
[an-sim]
里脊

등심
[deung-sim]
菲力

소갈비
[so-gal-bi]
烤牛排

불고기 백반 → **불백**
[bul-go-gi baek-ban]　[bul-baek]
烤牛肉白飯

뚝배기 불고기 → **뚝불**
[dduk-bae-gi bul-go-gi]　[dduk-bul]
砂鍋牛肉

Chapter 7

34
一般餐廳

35
韓食

36
小吃

37
食物喜好

38
飲料‧甜點

39
點飲料

40
傳統酒

41
電話外送

돼지고기
[dwae-ji-go-gi]
豬肉

삼겹살
[sam-gyeop-sal]
五花肉

돼지갈비
[dwae-ji-gal-bi]
豬排；排骨

양념돼지갈비
[yang-nyeom-dwae
-ji-gal-bi]
醬排骨、調味排骨

제육볶음
[je-yuk-bo-ggeum]
辣炒豬肉

돼지껍데기
[dwae-ji-ggeop-de-gi]
豬皮

닭고기
[dak-go-gi]
雞肉

찜닭
[jjim-dak]
燉雞

삼계탕
[sam-gye-tang]
人參雞湯

닭갈비
[dak-gal-bi]
辣炒雞排

치킨 (chicken) / 통닭
[chi-kin / tong-dak]
炸雞（外來語 / 純韓語）

양념치킨
[yang-nyeom-chi-kin]
調味炸雞

닭강정
[dak-gang-jeong]
炸雞塊

탕 / 찌개
[tang / jji-gae]
湯

부대찌개
[bu-dae-jji-gae]
部隊鍋

김치찌개
[gim-chi-jji-gae]
泡菜鍋

된장찌개
[doen-jang-jji-gae]
大醬鍋

감자탕
[gam-ja-tang]
馬鈴薯排骨湯

면
[myeon]
麵

자장면
[ja-jang-myeon]
炸醬麵

짬뽕
[jjam-bbong]
辣海鮮麵

🔥 볶음면
[bo-ggeum-myeon]
炒麵

🔥 라면
[la-myeon]
泡麵

🔥 컵라면
[keom-na-myeon]
杯麵

🔥 우동
[u-dong]
烏龍麵

🔥 해물면
[hae-mul-myeon]
海鮮麵

🔥 국수
[guk-su]
湯麵線

🔥 잔치국수
[jan-chi-guk-su]
宴會麵（細麵）

🔥 칼국수
[kal guk-su]
韓式刀削麵

🔥 당면 / 잡채
[dang-myeon / jap-chae]
韓式冬粉（雜菜）

34 일반식당

35 한식

36 분식

37 음식기호

38 음료/후식（디저트）

39 음료주문

40 전통술

41 전화배달

Chapter 7

34
一般餐廳

35
韓食

36
小吃

37
食物喜好

38
飲料／甜點

39
點飲料

40
傳統酒

41
電話外送

36 분식

[bun-sik] 小吃 ››› MP3-40

> **說明** 在韓國，辣炒年糕屬於小吃，在路邊攤、傳統市場甚至百貨公司的美食街隨處可見。韓國小吃店及路邊攤的食物種類眾多，以下整理了相關句型及單字。

[開朗歐巴的꿀팁]

💬 **간단하게 먹어요 .**
[gan-dan-ha-ge meo-geo-yo] 吃得簡單一點吧。

💬 **간단한 거 먹어요 .**
[gan-dan-han geo meo-geo-yo] 吃簡單的東西吧。

▶ 單字

🖐 **분식집**
[bun-sik-jip]
麵食店；小吃店

🖐 **포장마차 (포차)**
[po-jang-ma-cha (po-cha)]
小吃攤

🖐 **떡볶이**
[ddeok-bo-ggi]
辣炒年糕

🖐 **어묵**
[eo-muk]
魚板（甜不辣）

🖐 **순대**
[sun-dae]
豬血腸

🖐 **김밥**
[gim-bap]
海苔飯卷

🖐 **우동**
[u-dong]
烏龍麵

🖐 **유부우동**
[yu-bu-u-dong]
豆皮烏龍麵

🖐 **모듬**
[mo-deum]
綜合

🖐 **모듬김밥**
[mo-deum-gim-bap]
綜合海苔飯卷

🖐 **모듬떡볶이**
[mo-deum-ddeok-bo-ggi]
綜合辣炒年糕

🖐 **모듬어묵**
[mo-deum-eo-muk]
綜合魚板

34
일반식당

35
한식

36
분식

37
음식기호

38
음료/후식(디저트)

39
음료주문

40
전통술

41
전화배달

代表句型	○○○ 하나 주세요 . [○○○ ha-na ju-se-yo] 我要一個○○○。

▶ 一起說說看！

A : 간단하게 먹어요 .
[gan-dan-ha-ge meo-geo-yo] 吃得簡單一點吧。

B : 떡볶이하고 어묵 어때요 ?
[ddeok-bo-ggi-ha-go eo-muk eo-ddae-yo] 辣炒年糕跟魚板（甜不辣）怎麼樣？

▶ 一起說說看！

A : 어서 오세요 . [eo-seo o-se-yo] 歡迎光臨。

B : 우동 하나 주세요 . [u-dong ha-na ju-se-yo] 我要一個烏龍麵。

Chapter 7

34 一般餐廳

35 韓食

36 小吃

37 食物喜好

38 飲料／甜點

39 點飲料

40 傳統酒

41 電話外送

37 음식기호

[eum-sik-gi-ho] 食物喜好 ⋯ MP3-41

說明 每個人對食物的喜好不同，有人喜歡中式，有人偏好日式，因此在韓國旅遊，不一定每一餐都得吃韓式料理，選餐廳時，可以多思考自己喜歡什麼菜。韓國有中華料理，但菜色和口味都相當在地化，跟臺灣味道不同。想吃韓式、中式、日式、西式等料理，用韓語該怎麼說呢？各種料理的代表食物有哪些呢？幫您整理如下。

代表句型

○○○○○ **좋아해요 .**
[○○○○○ jo-a-hae-yo]　我喜歡吃○○○○○。

○○○○○ **잘 먹어요 .**
[○○○○○ jal meo-geo-yo]　我很會吃○○○○○。

▶ 單字

👆**한식**
[han-sik]
韓式

👆**중식**
[jung-sik]
中式

👆**일식**
[il-sik]
日式

👆**양식**
[yang-sik]
西式

▶ 一起說說看！

A : 무슨 음식 좋아해요 ?
[mu-seun eum-sik jo-a-hae-yo]　喜歡吃什麼？

B : 한식 좋아해요 .
[han-sik jo-a-hae-yo]　喜歡吃韓式。

Chapter 7

34 일반식당

35 한식

36 분식

37 음식기호

38 음료 / 후식 (디저트)

39 음료 주문

40 전통술

41 전화배달

▶ 單字

🔥 **중식**
[jung-sik]
中式

🔥 **자장면**
[ja-jang-myeon]
炸醬麵

🔥 **자장밥**
[ja-jang-bap]
炸醬飯

🔥 **짬뽕**
[jjam-bbong]
辣海鮮麵

🔥 **짬뽕밥**
[jjam-bbong-bap]
辣海鮮湯飯

🔥 **짬짜면**
[jjam-jja-myeon]
炸醬辣海鮮麵

🔥 **만두**
[man-du]
水餃；包子

🔥 **군만두**
[gun-man-du]
鍋貼；煎餃

🔥 **교자**
[gyo-ja]
餃子

🔥 **탕수육**
[tang-su-yuk]
糖醋肉

🔥 **일식**
[il-sik]
日式

🔥 **회**
[hoe]
生魚片

🔥 **초밥**
[cho-bap]
壽司

🔥 **모듬초밥**
[mo-deum-cho-bap]
綜合壽司

🔥 **회전초밥**
[hoe-jeon-cho-bap]
迴轉壽司

🔥 **돈까스**
[don-gga-seu]
豬排

🔥 **튀김**
[tui-gim]
炸食物

🔥 **새우튀김**
[sae-u-tui-gim]
炸蝦

🔥 **양식**
[yang-sik]
西式

🔥 **스테이크**
[seu-te-i-keu]
牛排

🔥 **스파게티**
[seu-pa-ge-ti]
義大利細麵

🔥 **파스타**
[pa-seu-ta]
義大利麵

Chapter 7

34 一般餐廳

35 韓食

36 小吃

37 食物喜好

38 飲料／甜點

39 點飲料

40 傳統酒

41 電話外送

🔥 패스트푸드
[pae-seu-teu-pu-deu]
速食

🔥 피자
[pi-ja]
披薩

🔥 햄버거
[haem-beo-geo]
漢堡

🔥 핫도그
[hat-do-geu]
熱狗

| 代表句型 | 우리 ○○○○○ 먹어요 .
[u-li ○○○○○ meo-geo-yo] 我們吃○○○○○吧。 |

▶ 一起説説看！

A : **뭐 먹을까요 ?** [mwo meo-geul-gga-yo] 吃什麼呢？

B : **우리 일식 먹어요 .** [u-li il-sik meo-geo-yo] 我們吃日式吧。

　　돈까스 어때요 ? [don-gga-seu eo-ddae-yo] 吃豬排怎麼樣？

Chapter 7

34 일반식당

35 한식

36 분식

37 음식기호

38 음료·후식(디저트)

39 음료주문

40 전화술

41 전화배달

38 음료 / 후식 (디저트)

[eum-nyo / hu-sik (di-jeo-teu)] 飲料 / 甜點 ››› MP3-42

說明 在韓國，飲料及點心的相關單字以外來語居多，例如：咖啡、茶及蛋糕等。而各個季節都有季節性的點心，如春季有草莓蛋糕、夏季有牛奶冰或水果冰、秋冬有鬆餅或年糕。旅遊時除了韓國料理，絕不能錯過甜點，若能用韓語點飲料跟甜點，美味會不會更加倍呢？

[開朗歐巴的꿀팁]

💬 **후식 뭐 먹을까요 ?**
[hu-sik mwo meo-geul-gga-yo]
吃什麼甜點呢？

▶ 單字

👆 **커피**
[keo-pi]
咖啡

👆 **차**
[cha]
茶

👆 **케이크**
[ke-i-keu]
蛋糕

👆 **초콜릿 케이크**
[cho-kol-lit ke-i-keu]
巧克力蛋糕

👆 **치즈 케이크**
[chi-jeu ke-i-keu]
起士蛋糕

👆 **티라미스**
[ti-la-mi-seu]
提拉米蘇

👆 **떡**
[ddeok]
年糕

👆 **찹쌀떡**
[chap-ssal-ddeok]
糯米糕

👆 **송편**
[song-pyeon]
松糕（松片）

34 一般餐廳

35 韓食

36 小吃

37 食物喜好

38 飲料．甜點

39 點飲料

40 傳統酒

41 電話外送

🍧 **백설기**
[baek-seol-gi]
白米蒸糕（白雪糕）

🍧 **인절미**
[in-jeol-mi]
馬蹄糕

🍧 **와플**
[wa-peul]
鬆餅

🍧 **초코와플**
[cho-ko-wa-peul]
巧克力鬆餅

🍧 **바나나와플**
[ba-na-na-wa-peul]
香蕉鬆餅

🍧 **딸기와플**
[ddal-gi-wa-peul]
草莓鬆餅

🍧 **아이스크림**
[a-i-seu-keu-lim]
冰淇淋

🍧 **바닐라**
[ba-nil-la]
香草

🍧 **초콜릿**
[cho-kol-lit]
巧克力

🍧 **딸기**
[ddal-gi]
草莓

🍧 **땅콩**
[ddang-kong]
花生

🍧 **빙수**
[bing-su]
冰

🍧 **팥빙수**
[pat-bing-su]
紅豆冰

🍧 **과일빙수**
[gwa-il-bing-su]
水果冰

🍧 **우유빙수 / 밀크빙수**
[u-yu-bing-su / mil-keu-bing-su]
牛奶冰

▶ 一起說說看！

A : **후식 뭐 먹을까요 ?** [hu-sik mwo meo-geul-gga-yo] 吃什麼甜點呢？

B : **우유빙수 먹어요 .** [u-yu-bing-su meo-geo-yo] 我們吃牛奶冰吧。

39 음료 주문

[eum-nyo ju-mun] 點飲料 ⋯ MP3-43

34 일반식당

35 한식

36 분식

37 음식기호

38 음료／후식（디저트）

39 음료주문

40 전통술

41 전화배달

說明 現代人生活忙碌，雖然不一定能一日三餐，但飲料絕不離手。韓國人早上也愛喝咖啡，而且餐後還習慣來一杯。韓國當地的知名咖啡館或飲料店非常多，市區路邊都會看到店家。本章節整理了跟韓國朋友約時間的對話，及在咖啡廳或飲料店點飲料的句型。

[開朗歐巴的꿀팁]

💬 우리 한잔 해요 .

[u-li han-jan hae-yo] 我們喝一杯吧。

▶ 一起說說看！

A : **시간 있어요 ?** [si-gan i-sseo-yo] 你有時間嗎？

우리 한잔 해요 . [u-li han-jan hae-yo] 我們喝一杯吧。

B : **그래요 .** [geu-lae-yo] 好吧。

커피 한잔 해요 . [keo-pi han-jan hae-yo] 我們喝杯咖啡吧。

Chapter 7

34 一般餐廳

35 韓食

36 小吃

37 食物喜好

38 飲料／甜點

39 點飲料

40 傳統酒

41 電話外送

[開朗歐巴的꿀팁]

💬 **주문 도와 드릴게요 .**

[ju-mun do-wa deu-lil-ge-yo] 幫您點菜。

💬 **뭐 드릴까요 ?**

[mwo deu-lil-gga-yo] 請問要喝什麼？

▶ 一起說說看！

A（店員）：**주문 도와 드릴게요 .**

[ju-mun do-wa-deu-lil-ge-yo] 幫您點菜。

B（客人）：**아메리카노 하나 , 라떼 하나 주세요 .**

[a-me-li-ka-no ha-na, la-dde ha-na ju-se-yo] 我要一杯美式跟一杯拿鐵。

代表句型	○○○○○ 한 잔 주세요 . [○○○○○ han-jan ju-se-yo] 請給我一杯○○○○○。

▶ 單字

👆**차**

[cha]
茶

👆**녹차**

[nok-cha]
綠茶

👆**홍차**

[hong-cha]
紅茶

👆**유자차**

[yu-ja-cha]
柚子茶

👆**과일차**

[gwa-il-cha]
水果茶

👆**커피**

[keo-pi]
咖啡

👆**아메리카노**

[a-me-li-ka-no]
美式咖啡

👆**라떼**

[la-dde]
拿鐵

🍂 **카푸치노**
[ka-pu-chi-no]
卡布奇諾

🍂 **에스프레소**
[e-seu-peu-le-so]
濃縮咖啡

說明 「잔」[jan] 是指示用杯子裝飲料的量詞，例如：一杯「한 잔」[han-jan]、兩杯「두 잔」[du-jan]、三杯「세 잔」[se-jan]。另外，「캔」[kaen]（罐頭）、「병」[byeong]（瓶子）等指定容器，也可以拿來當作量詞。

▶ 一起說說看！

A（店員）：**뭐 드릴까요 ?** [mwo deu-lil-gga-yo] 請問要喝什麼？

B（客人）：**유자차 한 잔 주세요 .** [yu-ja-cha han-jan ju-se-yo] 請給我一杯柚子茶。

代表
句型

○○○○○ **빼 주세요 .**
[○○○○○ bbae ju-se-yo] 我不要加○○○○○。

▶ 單字

🍂 **설탕**
[seol-tang]
砂糖

🍂 **시럽**
[si-leop]
糖水

🍂 **크림**
[keu-lim]
奶精

▶ 一起說說看！

A（店員）：**크림 드릴까요 ?** [keu-lim deu-lil-gga-yo] 請問要奶精嗎？

B（客人）：**크림 빼 주세요 .** [keu-lim bbae ju-se-yo] 我不要加奶精。

Chapter 7

34 一般餐廳

35 韓食

36 小吃

37 食物喜好

38 飲料/甜點

39 點飲料

40 傳統酒

41 電話外送

40 전통술

[jeon-tong-sul] 傳統酒 ⟩⟩⟩ MP3-44

說明 韓國人愛喝酒，也愛比較彼此的酒量。若跟韓國朋友喝一杯，最好先估量自己的酒量可以喝多少。因為，無論酒多麼好喝，還是健康第一、安全第一。與酒相關的句型及單字如下。

[開朗歐巴的꿀팁]

💬 **술 조금 마셔요 .**

[sul jo-geum ma-syeo-yo] 我會喝一點酒。

💬 **술 못 마셔요 .**

[sul mon ma-syeo-yo] 我不能喝酒。

💬 **술 안 마셔요 .**

[sul an ma-syeo-yo] 我不喝酒。

▶ 單字

👆**술**
[sul]
酒

👆**술잔**
[sul-jan]
酒杯

👆**술병**
[sul-byeong]
酒瓶

👆**알콜농도**
[al-kol-nong-do]
酒精濃度

👆**주량**
[ju-lyang]
酒量

/10000₩/

▶ 一起説説看！

A : **술 마셔요 ?** [sul ma-syeo-yo] 你會喝酒嗎？

B : **술 못 마셔요 .** [sul mon ma-syeo-yo] 我不能喝酒。

34 일반식당

35 한식

36 분식

37 음식기호

38 음료／후식（디저트）

39 음료주문

40 전통술

41 전화배달

代表句型	○○○○○ 어때요 ? [○○○○○ eo-ddae-yo] ○○○○○怎麼樣？

▶ 單字

🖐 **막걸리**

[mak-geol-li]
韓式米酒（酒精濃度 5 ～ 8%）

🖐 **복분자주**

[bok-bun-ja-ju]
覆盆子酒（酒精濃度 15 ～ 19%）

🖐 **매실주**

[mae-sil-ju]
梅子酒（Plum Wine）

🖐 **법주**

[beop-ju]
法酒（酒精濃度 15%）

▶ 一起說說看！

A：**술 한잔 해요 .** [sul han-jan hae-yo] 我們喝杯酒吧。

B：**막걸리 어때요 ?** [mak-geol-li eo-ddae-yo] 韓式米酒怎麼樣？

▶ 一起說說看！

A：**주량 어때요 ?** [ju-lyang eo-ddae-yo] 酒量怎麼樣？

B：**술 못 마셔요 .** [sul mon ma-syeo-yo] 我不會喝酒。

▶ 一起說說看！

A：**주량 어때요 ?** [ju-lyang eo-ddae-yo] 酒量怎麼樣？

B：**맥주 한 병 마셔요 .** [maek-ju han byeong ma-syeo-yo] 我喝一瓶啤酒。

★ **맥주** [maek-ju] 啤酒　　　★ **한 병** [han byeong] 一瓶

▶ 一起説説看！

A： 술버릇 어때요 ? [sul-beo-leut eo-ddae-yo ？] 酒品怎麼樣？

B： 술버릇 없어요 . [sul-beo-leut eop-seo-yo] 不會發酒瘋。

★ 술버릇 [sul-beo-leut] 酒品；發酒瘋（喝醉後的習慣）

41 전화배달

[jeon-hwa-bae-dal] 電話外送 ››› MP3-45

34 일반식당

35 한식

36 분식

37 음식기호

38 음료 / 후식 (디저트)

39 음료 주문

40 전통술

41 전화배달

說明 韓國可説是「外送王國」，只要想得到的食物幾乎都可以外送，最具代表的外送食物為中華料理、炸雞等。若有韓語基礎，可以靠以下內容試著點餐外送。如果點錯，就當做美好的回憶吧！

代表句型

거기 (가게 이름) 지요 ?
[geo-gi (ga-ge i-leum)-ji-yo] 請問是（店家）嗎？

여기 (주소) 인데요 .
[yeo-gi (ju-so)-in-dae-yo] 這裡是（地址）。

▶ **單字**

👆 **배달**
[bae-dal]
外送

👆 **포장 / 테이크 아웃 (take out)**
[po-jang / te-i-keu a-ut]
外帶（外來語）

👆 **피자가게**
[pi-ja-ga-ge]
披薩店

👆 **치킨가게**
[chi-kin-ga-ge]
炸雞店

👆 **족발가게**
[jok-bal-ga-ge]
豬腳店

👆 **중국집**
[jung-guk-jip]
中華料理店

👆 **보쌈가게**
[bo-ssam-ga-ge]
包菜肉店

👆 **햄버거가게**
[haem-beo-geo-ga-ge]
漢堡店

👆 **도시락가게**
[do-si-lak-ga-ge]
便當店

Chapter 7

34
一般餐廳

35
韓食

36
小吃

37
食物喜好

38
飲料‧甜點

39
點飲料

40
傳統酒

41
電話外送

▶ 一起說說看！

A : **거기 치킨가게지요 ?** [geo-gi chi-kin-ga-ge-ji-yo] 請問是炸雞店嗎？

배달돼요 ? [bae-dal-dwae-yo] 可以外送嗎？

B : **예 , 주소 어디세요 ?** [ye, ju-so eo-di-se-yo] 可以。請問地址呢？

A : **여기 (주소) 이에요 .** [yeo-gi (ju-so)-i-e-yo] 這裡是（地址）。

▶ 一起說說看！

A : **거기 치킨가게지요 ?**

[geo-gi chi-kin-ga-ge-ji-yo] 請問是炸雞店嗎？

포장 (테이크 아웃) 해 주세요 .

[po-jang (te-i-keu a-ut)-hae ju-se-yo] 我要外帶。

B : **30 분 후에 오세요 .**

[sam-sip-bun hu-e o-se-yo] 30 分鐘後可以過來拿。

開朗歐巴告訴你

Chapter 7

34 일반식당

35 한식

36 분식

37 음식기호

38 음료／후식（디저트）

39 음료 주문

40 전통술

41 전화배달

韓國「湯」文化 ··· MP3-46

　　在韓國餐廳的菜單上，可以看到不同的湯類料理，但湯類料理在韓文中有許多不同的表現方法，例如「국」（湯），指的是湯汁比例較多、味道也偏清淡、使用個人湯碗盛裝的湯。而「탕」（湯），則是經過長時間熬煮、湯汁比例較少、味道偏重口味或辣味的湯。還有「찌개」（鍋），這種湯的食材較多，大多有豆腐、青菜、肉類，湯汁比例偏低，味道較鹹和辣。最後是「전골」（火鍋），這種湯以肉類為主食（牛或豬其中一種），其他配菜有金針菇、香菇、蛤蜊，並有多種青菜，湯汁比例又比「찌개」更少，味道也是偏鹹和辣。

국 [guk] 湯

- 미역국 [mi-yeok-guk] 海帶湯
- 어묵국 / 오뎅국
  [eo-muk-guk / o-deng-guk] 魚餅湯
- 소고기국 [so-go-gi-guk] 牛肉湯
- 콩나물국 [kong-na-mul-guk] 豆芽湯
- 해장국 [hae-jang-guk] 解酒湯
- 돼지국밥 [dwae-ji-guk-bap] 豬肉湯飯

탕 [tang] 湯

- 매운탕 [mae-un-tang] 辣魚湯
- 해물탕 [hae-mul-tang] 海鮮湯
- 곰탕 [gom-tang] 牛骨湯
- 설렁탕 [seol-leong-tang] 雪濃湯

찌개 [jji-gae] （小）鍋

- 된장찌개 [doen-jang-jji-gae] 大醬鍋
- 김치찌개 [gim-chi-jji-gae] 泡菜鍋
- 두부찌개 [du-bu-jji-gae] 豆腐鍋

전골 [jeon-gol] （大）鍋

- 해물전골 [hae-mul-jeon-gol] 海鮮鍋
- 소고기전골 [so-go-gi-jeon-gol] 牛肉鍋
- 버섯전골 [beo-seot-jeon-gol] 香菇鍋

Chapter 8
공공장소
[gong-gong-jang-so]
公共場所

【開朗歐巴告訴你：「今天休息」？還是「暫時離開」？】

各位知道嗎？外國旅客到韓國參觀博物館、美術館等公共文化設施時，會有一些優惠喔！此外，在韓國除了享受美食及購物的樂趣，還有許多如主題樂園值得一遊。而除了首爾，有些城市會依季節舉辦活動，像是夏季去水上樂園，冬季去滑雪場等。當然，也有可能會到銀行、郵局、甚至換錢所處理事務。到了這些地方，都有機會用韓語溝通，所以本單元依不同的場景，為您整理相關且好用的單字與句型。

Chapter 8

42
博物館／展示館

43
主題公園／動物園

44
公演活動

45
溫泉／水上樂園

46
銀行／郵局

47
滑雪場／雪橇場

42 박물관 / 전시관

[bang-mul-gwan / jeon-si-gwan] 博物館 / 展示館 ··· MP3-47

> **說明** 有一句話說，想要了解那個城市，就先去看當地的博物館，因此旅程中，建議安排至少一項博物館行程，藉此了解該都市的發展文化，而且有時候，會有免費入場或折扣優惠喔。

[開朗歐巴的꿀팁]

💬 **입장료 얼마예요 ?**

[ip-jang-nyo eol-ma-ye-yo]

入場費多少錢 ?

▶ 單字

🔥 **무료**
[mu-lyo]
免費

🔥 **무료입장**
[mu-lyo-ip-jang]
免費入場

▶ 一起說說看！

A : **입장료 얼마예요 ?** [ip-jang-nyo eol-ma-ye-yo] 入場費多少錢 ?

B : **무료예요 .** [mu-lyo-ye-yo] 是免費。

▶ 單字

🔥 **어른**
[eo-leun]
成人

🔥 **청소년**
[cheong-so-nyeon]
青少年

🔥 **어린이**
[eo-li-ni]
兒童

Chapter 8

42 박물관 / 전시관

43 테마공원 / 동물원

44 공연

45 온천 / 워터파크

46 은행 / 우체국

47 스키장 / 눈썰매장

🔥 **입장권**
[ip-jang-gwon]
入場券

🔥 **관람시간**
[gwal-lam-si-gan]
參觀時間

[開朗歐巴的꿀팁]

💬 **여기 뭐 전시해요?**
[yeo-gi mwo jeon-si-hae-yo] 這裡展示什麼？

▶ **單字**

🔥 **그림**
[geu-lim]
畫

🔥 **사진**
[sa-jin]
照片

🔥 **도자기**
[do-ja-gi]
陶瓷

🔥 **예술품**
[ye-sul-pum]
藝術品

🔥 **미술**
[mi-sul]
美術

🔥 **미술관**
[mi-sul-gwan]
美術館

🔥 **전시**
[jeon-si]
展示

🔥 **전시관**
[jeon-si-gwan]
展示館

▶ **一起説説看！**

A : **여기 뭐 전시해요?** [yeo-gi mwo jeon-si-hae-yo] 這裡展示什麼？

B : **한복 전시해요.** [han-bok jeon-si-hae-yo] 展示傳統韓服。

Chapter 8

42 博物館／展示館

43 主題公園／動物園

44 公演活動

45 溫泉／水上樂園

46 銀行／郵局

47 滑雪場／雪橇場

💬 **외국인 할인 있어요 ?**

［ oe-gu-gin ha-lin i-sseo-yo ］ 外國人有折扣嗎？

▶ **單字**

🔌 **할인 / 디스카운트**

［ ha-lin / di-seu-ka-un-teu ］ 折扣（discount）

▶ **一起說說看！**

A（客人）：**외국인 할인해요 ?** ［ oe-gu-gin ha-lin-hae-yo ］ 外國人有折扣嗎？

B（員工）：**10% 해 드려요 .** ［ sip-peo-sen-teu hae deu-lyeo-yo ］ 幫您打 9 折。

43 테마공원 / 동물원

[te-ma-gong-won / dong-mu-lwon] 主題公園 / 動物園 ··· MP3-48

42 박물관 / 전시관

43 테마공원 / 동물원

44 공연

45 온천 / 워터파크

46 은행 / 우체국

47 스키장 / 눈썰매장

說明 韓國的大城市都有各自代表的主題公園，因為各地的人文氣氛不同，所以會呈現不同的氛圍，處於其中會有不同的感受。用韓語購買門票的同時，記得也問一下是否有特價或外國人優惠喔。

代表句型

○○○ 놀러 가요 .
[○○○ nol-leo ga-yo] 我們去○○○玩吧。

▶ 單字

공원
[gong-won]
公園

테마공원
[te-ma-gong-won]
主題公園

놀이공원
[no-li-gong-won]
遊樂園

동물원
[dong-mu-lwon]
動物園

식물원
[sing-mu-lwon]
植物園

▶ 一起說說看！

A : **어디 가고 싶어요 ?**

[eo-di ga-go si-peo-yo] 想去哪裡？

B : **테마공원 놀러 가요 .**

[te-ma-gong-won nol-leo ga-yo] 我們去主題公園玩吧。

Chapter 8

42 博物館／展示館

43 主題公園／動物園

44 公演活動

45 溫泉／水上樂園

46 銀行／郵局

47 滑雪場／雪橇場

代表句型（入場券）

어른 ○○○장 , 어린이 ○○○장 주세요 .

[eo-leun ○○○ -jang, eo-li-ni ○○○ -jang ju-se-yo]

請給我○○○張大人、○○○張小孩的票。

▶ 單字（＋量詞）

👆한	👆두	👆세	👆네	👆다섯
[han]	[du]	[se]	[ne]	[da-seot]
一	二	三	四	五

說明 本句型省略了量詞（ [myeong] 名），沒有量詞的話，韓語數字發音就不需要更改。

▶ 一起說說看！

A : **어서 오세요 .** [eo-seo o-se-yo] 歡迎光臨。

B : **어른 둘 어린이 하나 주세요 .**

[eo-reun dul eo-li-ni ha-na ju-se-yo]

請給我 2 個大人、1 個小孩的票。

42 박물관 / 전시관
43 테마공원 / 동물원
44 공연
45 온천 / 워터파크
46 은행 / 우체국
47 스키장 / 눈썰매장

[開朗歐巴的꿀팁]

💬 **할인 돼요 ?**

[ha-lin-dwae-yo] （購買門票時）請問有折扣嗎 ?

▶ 單字

연휴
[yeon-hyu]
連假

주말
[ju-mal]
週末

평일
[pyeong-il]
平日

입장권
[ip-jang-gwon]
入場券

자유이용권
[ja-yu-i-yong-gwon]
自由使用券

야간이용권
[ya-ga-ni-yong-gwon]
夜間使用券

단체
[dan-che]
團體

입장료
[ip-jang-nyo]
入場費

가족
[ga-jok]
家人

어른
[eo-leun]
成人

청소년
[cheong-so-nyeon]
青少年

어린이 / 아이
[eo-li-ni / a-i]
兒童

유아
[yu-a]
幼兒

▶ 一起說說看 !

A : **할인 돼요 ?** [ha-lin dwae-yo] 請問有折扣嗎 ?

B : **미안합니다 .** [mi-an-ham-ni-da] 不好意思。

　　주말에 할인 안 돼요 . [ju-ma-le ha-lin an dwae-yo] 週末沒有折扣優惠。

Chapter 8

42 博物館／展示館

43 主題公園／動物園

44 公演活動

45 溫泉／水上樂園

46 銀行／郵局

47 滑雪場／雪橇場

44 공연

[gong-yeon] 公演活動 ⋙ MP3-49

說明 韓國有許多公演活動，除了觀光客熟知的「亂打秀」、「Fantastic」、
「Jump」、「Hero」等表演，還有各種演唱會、舞台劇、電影欣賞及
體育賽事等，都需要購買門票。票價會依照年齡跟職業而有所不同。以
下整理了購票、退票及換位子等說法及單字。

代表句型

어른 ○○○ , 어린이 ○○○주세요 .
[eo-leun ○○○ , eo-li-ni ○○○ ju-se-yo]
我要○○○個大人、○○○個小孩的票。

▶ 單字

하나	둘	셋	넷	다섯
[ha-na]	[dul]	[set]	[net]	[da-seot]
一	二	三	四	五

영화
[yeong-hwa]
電影

영화표
[yeong-hwa-pyo]
電影票

입장표
[ip-jang-pyo]
入場票

입장권
[ip-jang-gwon]
入場券

뮤지컬
[myu-ji-keol]
舞台劇

오페라
[o-pe-la]
歌劇

콘서트
[kon-seo-teu]
演唱會

팬미팅
[paen-mi-ting]
粉絲見面會

▶ 一起說說看！

A : **어른 둘 어린이 하나 주세요 .**

[eo-leun dul eo-li-ni ha-na ju-se-yo] 我要兩個大人、一個小孩的票。

B : **예 , 여기요 .**

[ye, yeo-gi-yo] 好，在這裡。

[開朗歐巴的꿀팁]

🗨 **환불해 주세요 .**

[hwan-bul-hae ju-se-yo] 我要退票。

42 박물관 / 전시관

43 테마공원 / 동물원

44 공연

45 온천 / 워터파크

46 은행 / 우체국

47 스키장 / 눈썰매장

▶ 單字

🔥 **수수료**

[su-su-lyo]
手續費

🔥 **환불**

[hwan-bul]
退票

🔥 **매진**

[mae-jin]
售完

▶ 一起說說看！

A : **환불해 주세요 .** [hwan-bul-hae ju-se-yo] 我要退票。

B : **수수료 있어요 .** [su-su-lyo i-sseo-yo] 有手續費。

Chapter 8

42 博物館／展示館

43 主題公園／動物園

44 公演活動

45 溫泉／水上樂園

46 銀行／郵局

47 滑雪場／雪橇場

[開朗歐巴的꿀팁]

💬 **자리 바꿔 주세요 .**
[ja-li ba-ggwo ju-se-yo] 請幫我換位子。

▶ 單字

🔥 **앞자리**
[ap-ja-li]
前面位子

🔥 **뒷자리**
[duit-ja-li]
後面位子

🔥 **중간자리**
[jung-gan-ja-li]
中間位子

🔥 **복도자리**
[bok-do-ja-li]
走廊位子

🔥 **창가자리**
[chang-ga-ja-li]
窗邊位子

▶ 一起説説看！

A : **자리 바꿔 주세요 .** [ja-li ba-ggwo ju-se-yo] 請幫我換位子。

B : **어디로요 ?** [eo-di-lo-yo] 請問要哪個位子？

A : **앞자리요 .** [ap-ja-li-yo] 幫我換前面位子。

Chapter 8

42 박물관 / 전시관

43 테마공원 / 동물원

44 공연

45 온천 / 워터파크

46 은행 / 우체국

47 스키장 / 눈썰매장

45 온천 / 워터파크

[on-cheon / wo-teo-pa-keu] 溫泉 / 水上樂園 ›› MP3-50

說明 韓國人喜歡在秋冬季節去泡溫泉或汗蒸幕，在夏季去水上樂園。旅途中
若有安排與「水」相關的行程，就需要了解一下服裝跟裝備的相關單字。

代表
句型
〇〇〇 챙겨요.
[〇〇〇 chaeng-gyeo-yo] （請你）要帶〇〇〇。

▶ 單字

남탕
[nam-tang]
男湯

여탕
[yeo-tang]
女湯

탈의실
[ta-lui-sil]
更衣室

남자 탈의실
[nam-ja ta-lui-sil]
男士更衣室

여자 탈의실
[yeo-ja ta-lui-sil]
女士更衣室

신발장
[sin-bal-jang]
鞋櫃

옷장
[ot-jang]
衣櫃

수영복
[su-yeong-bok]
泳衣

수영모
[su-yeong-mo]
泳帽

수건
[su-geon]
毛巾

샴푸
[syam-pu]
洗髮精（shampoo）

바디샴푸
[ba-di-syam-pu]
沐浴乳（body shampoo）

열쇠 / 키
[yeol-soe / ki]
鑰匙（key）

옷장키
[ot-jang-ki]
衣櫃鑰匙

신발장키
[sin-bal-jang-ki]
鞋櫃鑰匙

Chapter 8

42 博物館／展示館

43 主題公園／動物園

44 公演活動

45 溫泉／水上樂園

46 銀行／郵局

47 滑雪場／雪橇場

▶ 一起説説看！＜準備時＞

A：**뭐 챙겨요 ?** [mwo chaeng-gyeo-yo] 要帶什麼東西？

B：**수영복 챙겨요 .** [su-yeong-bok chaeng-gyeo-yo] 要帶泳衣。

▶ 一起説説看！＜確認時＞

A：**수영복 챙겼어요 ?** [su-yeong-bok chaeng-gyeo-sseo-yo] 有帶泳衣嗎？

B：**수영복 안 챙겼어요 .** [su-yeong-bok an chaeng-gyeo-sseo-yo] 沒帶泳衣。

A：**하나 사요 .** [ha-na sa-yo] 買一件吧。

| 代表句型 | **○○○○○에서 만나요 .**
[○○○○○ -e-seo man-na-yo] 我們待一會兒在○○○○○見面。 |

▶ 單字

여기
[yeo-gi]
這裡

입구
[ip-gu]
入口

출구
[chul-gu]
出口

출입구
[chu-lip-gu]
出入口

화장실 앞
[hwa-jang-sil ap]
洗手間前面

매표소
[mae-pyo-so]
售票所

▶ 一起説説看！＜再會時＞

A：**어디에서 만나요 ?** [eo-di-e-seo man-na-yo] 在哪裡見面？

B：**여기에서 만나요 .** [yeo-gi-e-seo man-na-yo] 在這裡見面。

42 박물관 / 전시관

43 테마공원 / 놀이동산

44 공연

45 온천 / 워터파크

46 여행 / 우체국

47 스키장 / 눈썰매장

<table>
<tr><td>代表
句型</td><td>○○○○○ 없어졌어요 .
[○○○○○ eop-seo-jyeo-sseo-yo]　○○○○○不見了。</td></tr>
</table>

▶ 單字

👆 **열쇠 / 키**
[yeol-soe / ki]
鑰匙（key）

👆 **모자**
[mo-ja]
帽子

👆 **돈**
[don]
錢

👆 **지갑**
[ji-gap]
皮夾

👆 **우산**
[u-san]
雨傘

👆 **가방**
[ga-bang]
包包

👆 **핸드백**
[haen-deu-baek]
手提包

▶ 一起說說看！＜物品遺失時＞

A：**옷장키 없어졌어요 .** [ot-jang-ki eop-sseo-jyeo-sseo-yo] 衣櫃鑰匙不見了。

B：**잘 찾아 보세요 .** [jal cha-ja bo-se-yo] 仔細找找看。

A：**같이 찾아 주세요 .** [ga-chi cha-ja ju-se-yo] 請一起幫我找。

▶ 單字

👆 **분실물**
[bun-sil-mul]
遺失物

👆 **분실물 신고**
[bun-sil-mul sin-go]
遺失物申報

👆 **분실물 신고센터**
[bun-sil-mul sin-go-sen-teo]
遺失物申報服務中心

46 은행 / 우체국

[eun-haeng / u-che-guk] 銀行 / 郵局　››› MP3-51

說明 韓國的銀行跟郵局，整體環境跟臺灣差不多，辦理郵政、儲匯等臨櫃業務都需要抽號碼牌，也可以使用 ATM。以一般旅客而言，到銀行常用到的業務就是貨幣兌換；郵局的話，就是寄國際郵件。這裡整理了相關句型及單字如下。

[開朗歐巴的꿀팁]

💬 **번호표 뽑으세요 .**

[beon-ho-pyo bbo-beu-se-yo] 請抽號碼牌。

💬 **번호표 주세요 .**

[beon-ho-pyo ju-se-yo] 請給我號碼牌。

▶ 單字

✊번호

[beon-ho]
號碼

✊번호표

[beon-ho-pyo]
號碼牌

Chapter 8

42 박물관 / 전시관

43 테마공원 / 동물원

44 공연

45 온천 / 워터파크

46 은행 / 우체국

47 스키장 / 눈썰매장

<table>
<tr><td rowspan="2">代表
句型</td><td>○○○○○돈으로 환전해 주세요 .</td></tr>
</table>

| 代表
句型 | ○○○○○돈으로 환전해 주세요 .
[○○○○○ -do-neu-lo hwan-jeon-hae ju-se-yo]
請幫我兌換成○○○○○幣。

이거 ○○○○○돈으로 환전해 주세요 .
[i-geo ○○○○○ -do-neu-lo hwan-jeon-hae ju-se-yo]
請幫我把這筆現金兌換成○○○○○幣。 |

▶ 單字

한국
[han-guk]
韓國

한국돈
[han-guk-don]
韓幣

대만
[dae-man]
臺灣

대만돈
[dae-man-don]
臺幣

미국
[mi-guk]
美國

미국돈 (달러)
[mi-guk-don(dal-leo)]
美金

중국
[jung-guk]
中國

인민폐 / 중국돈
[in-min-pye / jung-guk-don]
人民幣

홍콩
[hong-kong]
香港

홍콩돈 (달러)
[hong-kong-don(dal-leo)]
港幣

현금 인출기 (ATM)
[hyeon-geum in-chul-gi]
提款機

환전
[hwan-jeon]
兌換

환전소
[hwan-jeon-so]
兌換所

국민은행 (KB 은행)
[gung-mi-neun-haeng]
國民銀行

KEB- 하나은행
[KEB ha-na-eun-haeng]
KEB-Hana 銀行

Chapter 8

42 博物館／展示館

43 主題公園／動物園

44 公演活動

45 溫泉／水上樂園

46 銀行／郵局

47 滑雪場／雪橇場

▶ 一起說說看！

A：**한국돈으로 환전해 주세요 .**
[han-guk-do-neu-lo hwan-jeon-hae ju-se-yo] 請幫我換成韓幣。

B：**잠시만요 .** [jam-si-man-yo] 稍等一下。

代表句型	○○○○○ 보내려고요 . [○○○○○ bo-nae-lyeo-go-yo] 我要寄○○○○○。

▶ 單字

✌ **국제우편**
[guk-je-u-pyeon]
國際郵件

✌ **국내우편**
[gung-nae-u-pyeon]
國內郵件

✌ **편지**
[pyeon-ji]
信

✌ **엽서**
[yeop-seo]
明信片

✌ **소포**
[so-po]
包裏

▶ 一起說說看！

A：**번호표 주세요 .** [beon-ho-pyo ju-se-yo] 請給我號碼牌。

B：**무엇을 도와 드릴까요 ？** [mu-eo-seul do-wa deu-lil-gga-yo] 需要什麼服務呢？

A：**소포 보내려고요 .** [so-po bo-nae-lyeo-go-yo] 我要寄包裏。

47 스키장 / 눈썰매장

[seu-ki-jang / nun-sseol-mae-jang] 滑雪場 / 雪橇場 ⋙ MP3-52

42 박물관 / 전시관

43 테마공원 / 동물원

44 공연

45 온천 / 워터파크

46 우편 / 우체국

47 스키장 / 눈썰매장

說明 韓國冬季滑雪是最高人氣戶外活動之一，通常為每年 11 月中旬至隔年 2 月底或 3 月初，旺季為 12 月至 2 月初。滑雪場幾乎都位於山區，因此從事雪上活動時要做好保暖。另外，有些主題公園在冬季會設立滑橇場，非常適合全家或親子旅遊。在滑雪場、滑橇場都需要租借裝備，相關韓語句型與單字如下。

代表句型

○○○ 빌릴게요 .
[○○○ bil-lil-ge-yo] 我要租一下○○○。

○○○ 반납할게요 .
[○○○ ban-na-pal-ge-yo] 我要還○○○。

▶ 單字

✋ **대여** ↔ **반납**
[dae-yeo]   [ban-nap]
出租   返還

✋ **숙소**
[suk-so]
旅館

✋ **게스트하우스**
[ge-seu-teu-ha-u-seu]
青年旅館

✋ **콘도**
[kon-do]
公寓式酒店

✋ **호텔**
[ho-tel]
飯店

Chapter 8

42 博物館／展示館

43 主題公園／動物園

44 公演活動

45 溫泉／水上樂園

46 銀行／郵局

47 滑雪場／雪橇場

[開朗歐巴的꿀팁]

💬 스키장비 렌탈 할게요 .

[seu-ki-jang-bi len-tal hal-ge-yo] 我要租滑雪裝備。

▶ 單字

👆스키장비

[seu-ki-jang-bi]
滑雪裝備

👆장비대여 /
렌탈

[jang-bi-dae-yeo / len-tal]
出租裝備（rental）

👆리프트

[li-peu-teu]
纜車（lift）

▶ 一起說說看！

A（客 人）：장비 빌릴게요 . [jang-bi bil-lil-ge-yo] 我要租裝備。

B（服務員）：발 * 사이즈 어떻게 되세요 ？

[bal sa-i-jeu eo-ddeo-ke doe-se-yo] 腳的尺寸多少呢？

A（客 人）：240 주세요 . [i-baek-sa-sip ju-se-yo] 我要 24 號。

★ 발 [bal] 腳

▶ 一起說說看！

A（客 人）：장비 반납할게요 . [jang-bi ban-na-phal-ge-yo] 我要還裝備。

B（服務員）：예 , 저 주세요 . [ye, jeo ju-se-yo] 好，請給我。

（或）놓고 가시면 돼요 . [no-ko ga-si-myeon dwae-yo] 放著就好。

42 박물관 / 전시관

43 테마공원 / 동물원

44 공연

45 온천 / 워터파크

46 은행 / 우체국

47 스키장 / 눈썰매장

開朗歐巴告訴你

「今天休息」? 還是「暫時不開」? ⋙ MP3-53

　　韓國公共文化設施，如：美術館、博物館等、或商店都會有休息日。休息日時，可以看見門口標示「금일 휴관」[geu-mil hyu-gwan]（今日休館）。一般商店或餐廳的話是寫「휴업」[hyu-eop]，漢字是「休業」，亦為當天不營業的意思。另外，寫著「오늘 쉽니다」[o-neul shuim-ni-da]（今天休息）也有。兩者意思是一樣，前者是漢字寫法，後者是純韓語的敬語（格式體）句子。

휴관 [hyu-gwan] 休館

금일＊휴관 [geu-mil hyu-gwan] 今日休館

＊금일 [geu-mil] 今日（漢字）

오늘＊쉽니다 [o-neul shuim-ni-da] 今天休息

＊오늘 [o-neul] 今天（純韓語）

還有因為內部施工而休息的狀況，如下：

내부수리중 [nae-bu-su-li-jung] 內部裝潢中（內部修理中）

내부공사중 [nae-bu-gong-sa-jung] 內部施工中（內部工事中）

也有暫時離開而沒開門的情況，如下：

외출중 [oe-chul-jung] 外出中

준비중 [jun-bi-jung] 準備中

식사중 [sik-sa-jung] 用餐中

　　通常暫時離開都會留下聯絡方式，此時不需要撥打電話詢問，只要將對方的電話號碼儲存後，再用 LINE 或 Kakao Talk 等軟體尋找對方，然後再聯絡即可。

외출중
전화 : 010-XXXX-XXXX

외출중 [oe-chul-jung] 外出中

전화 [jeon-hwa] 電話 : 010-XXXX-XXXX

Chapter 9

건강

[geon-gang]
健康

【 開朗歐巴告訴你：韓國人的「補藥」】

「健康第一」、「安全第一」，不管是韓國人還是臺灣人，這都是常掛在嘴邊的一句話。無論到何處旅遊，最要緊的就是「安全」，但旅途中難免會有身體不適的狀況發生，若遇到需要緊急處理的情況，還是在當地就醫為上策。但是身在國外，語言又不通時，該如何準確表達症狀呢？這此時只要認識幾個病痛相關的單字，醫護人員就能快速掌握狀況並處理問題。希望這些單字與句子，能夠在國外備而不用喔！

48 신체부위

[sin-che-bu-wi] 身體部位 ··· MP3-54

說明 在韓國旅遊中，若自己或同行者身體不適，要如何告訴藥劑師或醫生不舒服的部位呢？這裡整理了相關句型與單字提供參考。

代表句型 ○○○○○ 좋아요 .
[○○○○○ jo-a-yo] ○○○○○很好。

▶ 單字

👆 머리	👆 머릿결	👆 목	👆 피부
[meo-li]	[meo-lit-gyeol]	[mok]	[pi-bu]
頭	髮質	脖子	皮膚
👆 얼굴	👆 눈	👆 코	👆 입
[eol-gul]	[nun]	[ko]	[ip]
臉	眼睛	鼻子	嘴巴
👆 귀	👆 가슴	👆 어깨	👆 팔
[gwi]	[ga-seum]	[eo-ggae]	[pal]
耳朵	胸部	肩膀	胳膊

👆 팔꿈치
[pal-ggum-chi]
手肘

👆 손	👆 손등	👆 손목
[son]	[son-deung]	[son-mok]
手	手背	手腕

🔥 **손바닥**
[son-ba-dak]
手掌

🔥 **손톱**
[son-top]
手指甲

🔥 **손가락**
[son-ga-lak]
手指

🔥 **손가락**
[son-ga-lak]
手指

🔥 **엄지**
[eom-ji]
大拇指

🔥 **검지**
[geom-ji]
食指

🔥 **중지**
[jung-ji]
中指

🔥 **약지**
[yak-ji]
無名指

🔥 **소지 / 새끼 손가락**
[so-ji / sae-ggi son-ga-lak]
小指

🔥 **발**
[bal]
腳

🔥 **발목**
[bal-mok]
腳踝

🔥 **발가락**
[bal-ga-lak]
腳指

🔥 **발바닥**
[bal-ba-dak]
腳底

🔥 **발톱**
[bal-top]
腳指甲

🔥 **몸 / 신체**
[mom / sin-che]
身體

🔥 **몸매**
[mom-mae]
身材

▶ 一起説説看！

A : **머리 좋아요 .** [meo-li jo-a-yo] 頭腦很聰明。

B : **하하 , 아니에요 .** [ha-ha, a-ni-e-yo] 哈哈，沒有啦。

▶ 一起説説看！

A : **몸 좋아요 .** [mom jo-a-yo] 身體很好。（＝身體很壯）

B : **헬스해요 .** [hel-seu-hae-yo] 有在健身。

Chapter 9

48 身體部位

49 症狀

50 皮膚

51 藥

52 受傷

53 健康食品

▶ 一起說說看！

A：**몸매 좋아요 .** [mom-mae jo-a-yo] 身材很好。（＝身材很苗條）

B：**요가해요 .** [yo-ga-hae-yo] 有在做瑜珈。

Chapter 9

48 신체부위

49 증세

50 피부

51 약

52 부상

53 건강식품

49 증세

[jeung-se] 病狀 ▸▸▸ MP3-55

說明 每個人身體不適的狀況不一樣，且對疼痛的感受程度也不同。若個人體質對特定食物會過敏，更需要主動告知。以下整理了身體不適的四種狀況、以及感冒症狀的相關句型與單字。

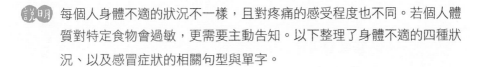

[**開朗歐巴的꿀팁**] 四大不適的狀況

💬 **아파요 .** [a-pa-yo] 很疼痛。

💬 **다쳤어요 .** [da-chyeo-sseo-yo] 受傷了。

💬 **불편해요 .** [bul-pyeon-hae-yo] 很不舒服。

💬 **알러지 있어요 .** [al-leo-ji i-sseo-yo] 有過敏。

▶ 一起說說看！

A : **어디 아파요 ?** [eo-di a-pa-yo] 哪裡疼痛？

B : **여기 아파요 .** [yeo-gi a-pa-yo] 這裡很疼痛。

Chapter 9

48 身體部位

49 症狀

50 皮膚

51 藥

52 受傷

53 健康食品

 [開朗歐巴的꿀팁] 感冒病狀有關

💬 **감기예요 .**
[gam-gi-ye-yo] 我得感冒了。

💬 **열 나요 .**
[yeol na-yo] 有發燒。

💬 **몸살 같아요 .**
[mom-sal ga-ta-yo] 好像是感冒（引起全身痠痛）。

💬 **어지러워요 .**
[eo-ji-leo-wo-yo] 頭好暈。

 ▶ 單字

👆**병원**
[byeong-won]
醫院

👆**응급실**
[eung-geup-sil]
急診室

👆**통증**
[tong-jeung]
疼痛

👆**감기**
[gam-gi]
感冒

👆**열**
[yeol]
發燒

👆**몸살**
[mom-sal]
全身痠痛

48 신체부위

49 증세

50 피부

51 약

52 부상

53 건강식품

<table>
<tr><td>代表
句型</td><td>○○○○○ 통증 있어요 .
[○○○○○ tong-jeung i-sseo-yo] ○○○○○有病痛。</td></tr>
</table>

▶ 單字

머리
[meo-li]
頭

목
[mok]
脖子

가슴
[ga-seum]
胸部

어깨
[eo-ggae]
肩膀

허리
[heo-li]
腰部

무릎
[mu-leup]
膝蓋

손목
[son-mok]
手腕

발목
[bal-mok]
腳踝

▶ 一起説説看！

A : **머리 통증 있어요 .** [meo-li tong-jeung i-sseo-yo] 我頭痛。

B : **같이 약국 가요 .** [ga-chi yak-guk ga-yo] 一起去藥局。

Chapter 9

48 身體部位

49 症狀

50 皮膚

51 藥

52 受傷

53 健康食品

50 피부

[pi-bu] 皮膚 ››› MP3-56

說明 在外旅遊，多少都會有因為長時間走路、或氣候乾燥而引起腳部脫皮的經驗，尤其韓國秋冬氣候乾燥，皮膚敏感者更需要多加強保濕。以下整理了皮膚狀況的相關用語。

代表句型

여기 ○○○○○ .
[yeo-gi ○○○○○] 這裡○○○○○。

▶ 單字

이상증세
[i-sang-jeung-se]
異狀

부었어요
[bu-eo-sseo-yo]
腫起來

가려워요
[ga-lyeo-wo-yo]
癢癢的

따가워요
[dda-ga-wo-yo]
刺痛

벗겨져요
[beot-gyeo-jyeo-yo]
脫皮

아파요
[a-pa-yo]
好痛

代表句型

○○○○○ 생겼어요 .
[○○○○○ saeng-gyeo-seo-yo] /

○○○○○ 났어요 .
[○○○○○ na-sseo-yo] 長出○○○○○。

▶ 單字

반점
[ban-jeom]
斑點

여드름
[yeo-deu-leum]
青春痘

Chapter 9

48 신체부위

49 증세

50 피부

51 약

52 부상

53 건강식품

▶ 一起説説看！

A : **여기 여드름 났어요 .** [yeo-gi yeo-deu-leum na-sseo-yo] 這裡長了青春痘。

　아파요 . [a-pa-yo] 好痛。

B : **이 약 써 보세요 .** [i yak sseo bo-se-yo] 請用這個藥看看。

▶ 一起説説看！

A : **여기 부었어요 .** [yeo-gi bu-eo-sseo-yo] 這裡腫起來了。

B : **괜찮아요 ?** [gwaen-cha-na-yo] 還好嗎？

　약 있어요 ? [yak i-sseo-yo] 你有藥嗎？

A : **파스 있어요 .** [pa-seu i-sseo-yo] 有藥布。

★ **파스** [pa-seu] 藥布　　　★ **연고** [yeon-go] 藥膏（軟膏）

代表句型	**피부 ○○○○○ .** [pi-bu ○○○○○] 皮膚很○○○○○。

▶ 單字

👆 **거칠어요**
[geo-chi-leo-yo]
粗糙

👆 **거칠어졌어요**
[geo-chi-leo-jyeo-sseo-yo]
變粗糙了

👆 **좋아요**
[jo-a-yo]
很好

👆 **좋아졌어요**
[jo-a-jyeo-sseo-yo]
變好了

Chapter 9

48 身體部位

49 症狀

50 皮膚

51 藥

52 受傷

53 健康食品

👆부드러워요
[bu-deu-leo-wo-yo]
柔嫩

👆부드러워졌어요
[bu-deu-leo-wo-jyeo-
sseo-yo]
變柔嫩了

👆하얘요
[ha-yae-yo]
很白

👆하얘졌어요
[ha-yae-jyeo-sseo-yo]
變白了

👆탔어요
[ta-sseo-yo]
曬黑了

👆깨끗해요
[ggae-ggeu-tae-yo]
乾淨

👆깨끗해졌어요
[ggae-ggeu-tae-jyeo-sseo-yo]
變乾淨了

▶ 一起說說看！

A：**피부 거칠어요 .** [pi-bu geo-chi-leo-yo] 皮膚很粗糙。

B：**저도요 .** [jeo-do-yo] 我也是。

저도 거칠어졌어요 .
[jeo-do geo-chi-leo-jyeo-sseo-yo] 我（的皮膚）也變粗糙了。

51 약

[yak] 藥 ▸▸▸ MP3-57

48 신체부위

49 증세

50 피부

51 약

52 부상

53 건강식품

> **說明** 藥物的相關單字大多是以漢字或外來語為主，因此發音聽起來沒那麼陌生且感到親切。韓國藥局通常用紅字「약」[yak] 或用漢字「藥」來標示，所以在路上很容易找到。國際機場、火車站或轉運站內都會有藥局。以下整理了旅途中常需要的藥物，以及購買藥物時常用的單字與句子。

[開朗歐巴的꿀팁]

💬 **약국 어디예요？**

[yak-guk eo-di-ye-yo] 藥局在哪裡？

💬 **근처에 약국 있어요？**

[geun-cheo-e yak-guk i-sseo-yo] 附近有藥局嗎？

▶ 單字

👆 **약국**
[yak-guk]
藥局

👆 **밴드**
[baen-deu]
OK 繃

👆 **소독연고**
[so-dok-yeon-go]
消毒軟膏

👆 **파스**
[pa-seu]
藥膏（布）

👆 **소화제**
[so-hwa-je]
消化藥

👆 **두통약**
[du-tong-yak]
頭痛藥

👆 **감기약**
[gam-gi-yak]
感冒藥

👆 **기침약**
[gi-chim-yak]
咳嗽藥

👆 **복통약**
[bok-tong-yak]
止瀉藥

👆 **아스피린**
[a-seu-pi-lin]
阿司匹靈（aspirin）

Chapter 9

48 身體部位

49 症狀

50 皮膚

51 藥

52 受傷

53 健康食品

▶ 一起說說看！

A：**근처에 약국 있어요？** [geun-cheo-e yak-guk i-sseo-yo] 在附近有藥局嗎？

B：**건너편에 있어요.** [geon-neo-pyeo-ne i-sseo-yo] 在對面有。

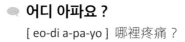

[開朗歐巴的꿀팁] 感冒病狀有關

💬 **어디 아파요？**
[eo-di a-pa-yo] 哪裡疼痛？

💬 **어디 불편해요？**
[eo-di bul-pyeon-hae-yo] 哪裡不舒服？

💬 **약 있어요？**
[yak i-sseo-yo] 請問有藥嗎？

💬 **아스피린 있어요？**
[a-seu-pi-lin i-sseo-yo] 請問有阿斯匹靈嗎？

▶ 一起說說看！

A：**어디 아파요？** [eo-di a-pa-yo] 哪裡疼痛？

B：**머리 아파요.** [meo-li a-pa-yo] 頭很痛。

▶ 一起說說看！

A：**어디 불편해요？** [eo-di bul-pyeon-hae-yo] 哪裡不舒服？

B：**예, 다리요.** [ye, da-li-yo] 是，我的腿。

　　파스 있어요？ [pa-seu i-sseo-yo] 請問有藥膏（布）嗎？

52 부상

[bu-sang] 受傷 ▸▸▸ MP3-58

說明 在戶外或旅行中常見的傷害有三種，包含割傷或擦傷所造成的「상처」[sang-cheo]（皮肉傷）；「염좌」[yeom-jwa]（扭傷）；還有「근육뭉침」[geu-nyuk mung-chim]（肌肉僵硬）等。以下整理受傷相關的單字及句型。

[開朗歐巴的꿀팁] 四大不適的狀況

💬 (신체부위) 상처 났어요 .

[(sin-che-bu-wi) sang-cheo na-sseo-yo] /

(신체부위) 다쳤어요 .

[(sin-che-bu-wi) da-chyeo-sseo-yo] （身體部位）受傷了。

▶ 單字

👆상처
[sang-cheo]
傷口

👆소독
[so-dok]
消毒

👆소독약
[so-dong-nyak]
消毒藥

👆소독연고
[so-dok-yeon-go]
消毒軟膏

▶ 一起說說看！

A : 다쳤어요 ? [da-chyeo-sseo-yo] 受傷了嗎？

B : 손가락 상처 났어요 . [son-ga-lak sang-cheo na-sseo-yo] 手指頭受傷了。

A : 소독연고 있어요 . [so-dok-yeon-go i-sseo-yo] 我有消毒軟膏。

Chapter 9

48 身體部位

49 症狀

50 皮膚

51 藥

52 受傷

53 健康食品

代表句型	（신체부위）삐었어요 .
	[(sin-che-bu-wi) bbi-eo-sseo-yo] （身體部位）扭到了。

▶ 單字

👆 **손목**
[son-mok]
手腕

👆 **손가락**
[son-ga-lak]
手指

👆 **발목**
[bal-mok]
腳踝

👆 **발가락**
[bal-ga-lak]
腳指

👆 **허리**
[heo-li]
腰部

👆 **목**
[mok]
脖子

▶ 一起說說看！

A : **괜찮아요 ?** [gwaen-cha-na-yo] 你還好嗎？

B : **발목 삐었어요 .** [bal-mok bbi-eo-sseo-yo] 腳踝扭到了。

A : **가만히 있어요 .** [ga-man-hi i-sseo-yo] 先別動。

代表句型	（신체부위）뭉쳤어요 .
	[(sin-che-bu-wi) mung-cheo-sseo-yo] （身體部位）肌肉僵硬了。

▶ 單字

👆 **근육**
[geu-nyuk]
肌肉

👆 **다리근육**
[da-li-geu-nyuk]
腿肌肉

👆 **팔근육**
[pal-geu-nyuk]
手臂肌肉

👆 **어깨근육**
[eo-ggae-geu-nyuk]
肩膀肌肉

▶ 一起說說看！

A : **다리 근육 뭉쳤어요 .** [da-li geu-nyuk mung-chyeo-sseo-yo] 腿部肌肉僵硬了。

　　파스 있어요 ? [pa-seu i-sseo-yo] 請問有藥膏（布）嗎？

B : **예 , 여기요 .** [yeo, yeo-gi-yo] 有，這裡有。

48 신체부위

49 증세

50 피부

51 약

52 부상

53 건강식품

Chapter 9

48 身體部位

49 症狀

50 皮膚

51 藥

52 受傷

53 健康食品

53 건강식품

[geon-gang-sik-pum] 健康食品 ··· MP3-59

> **說明** 只要是美食沒有人不愛，但不見得每一道美食都對健康或體質有益，尤其在國外旅遊時，要更加留意飲食。其實健康也是輕鬆的聊天題材，旅途中可以聊一下與健康相關的食物，因為韓國也是對健康食品講究的國家。以下整理了健康食品相關單字，有機會到當地傳統市場或超市購買食物的時候可以善加利用。

代表句型	（음식）몸에 좋아요 . [(eum-sik) mo-me jo-a-yo]　（食物）對身體很好。

▶ 單字

과일
[gwa-il]
水果

사과
[sa-gwa]
蘋果

바나나
[ba-na-na]
香蕉

배
[bae]
水梨

포도
[po-do]
葡萄

수박
[su-bak]
西瓜

딸기
[ddal-gi]
草莓

파파야
[pa-pa-ya]
木瓜

48 신체부위

49 증세

50 피부

51 약

52 부상

53 건강식품

🔥 **야채**
[ya-chae]
青菜

🔥 **양배추**
[yang-bae-chu]
高麗菜

🔥 **무**
[mu]
蘿蔔

🔥 **당근**
[dang-geun]
紅蘿蔔

🔥 **파**
[pa]
蔥

🔥 **양파**
[yang-pa]
洋蔥

🔥 **시금치**
[si-geum-chi]
菠菜

🔥 **마늘**
[ma-neul]
大蒜

🔥 **고추**
[go-chu]
辣椒

🔥 **상추**
[sang-chu]
生菜

🔥 **깻잎**
[ggaen-nip]
芝麻葉

🔥 **해산물**
[hae-san-mul]
海鮮

🔥 **생선**
[saeng-seon]
魚

🔥 **미역**
[mi-yeok]
海帶

🔥 **김**
[gim]
海苔

🔥 **다시마**
[da-si-ma]
昆布

🔥 **인삼**
[in-sam]
人蔘

🔥 **홍삼**
[hong-sam]
紅蔘

▶ 一起説説看！

A : **바나나 몸에 좋아요 .** [ba-na-na mo-me jo-a-yo] 香蕉對身體很好。

B : **자주 먹어요 .** [ja-ju meo-geo-yo] 我常吃。

Chapter 9

48 身體部位

49 症狀

50 皮膚

51 藥

52 受傷

53 健康食品

代表句型	(음식) 몸에 안 좋아요 .
	[(eum-sik) mo-me an jo-a-yo]　（食物）對身體不好。

▶ 單字

👆 담배　
[dam-bae]
香菸

👆 술
[sul]
酒

👆 라면
[la-myeon]
泡麵

👆 커피　
[keo-pi]
咖啡

👆 카페인
[ka-pe-in]
咖啡因

👆 크림
[keu-lim]
奶精

👆 설탕
[seol-tang]
糖

▶ 一起說說看！

A : 담배 몸에 안 좋아요 .

[dam-bae mo-me an jo-a-yo] 香菸對身體不好。

B : 예 , 맞아요 .

[ye, ma-ja-yo] 對，沒錯。

開朗歐巴告訴你

Chapter 9

48 身體部位

49 症狀

50 皮膚

51 藥

52 傷

53 健康食品

韓國人的「補藥」

您有聽過「보약」[bo-yak]（補藥）這個語彙嗎？就像臺灣人喝中藥一樣，韓國人也有喝補藥來調整體質的觀念，但在韓國稱之為「한약」[han-yak]（韓藥）。開朗歐巴發現臺灣人喝補藥並沒有像韓國人那麼頻繁，在需要補充營養時，反而普遍服用維他命等西方的保健食品。曾經有位臺灣朋友因為對韓國補藥很好奇，去韓國旅遊時，特別找韓藥店抓補藥回來喝，您也想試試看嗎？

補藥是韓國人保養身體非常重要的象徵食品，屬於健康、高檔的保養食物之一。服用補藥的時期，通常為小孩的成長期或青少年的發育期。此外，中、老年人也會為了補充營養、增強體力而頻繁地喝補藥。當然，開朗歐巴小時候也喝過好幾次的成長補藥。服用補藥時的重點是要按時服用，還有吃補藥的期間要避開油炸食物、咖啡跟酒精飲料。

如果在韓劇或韓片中，有人說：「我在喝補藥所以不能喝酒」，雖然這有可能被視為藉口，但大部分韓國人都有喝補藥的經驗，也了解補藥費用不便宜所以不能浪費，因此大家都會接受。

有人說，喝補藥容易增加體重，但專家指出，補藥成分都是天然植物，一天所喝的熱量為 60 ～ 100 卡路里，因此本身並不會造成肥胖，而是因為喝完後，身體狀況改善，食慾變好，才造成體重增加。補藥的價格通常在韓幣 1 ～ 2 萬元之間，服用期間為 2 ～ 4 週，當然所用的藥材越高檔，價格也就越高。

不過韓語有一句話說「밥이 보약」[ba-bi bo-yak]（飯就是補藥），直譯的話就是「每餐就是補藥」，意思是只要平常按時吃飯，每餐營養均衡，且抱著愉快的心情用餐，這就是生活中最好的補藥。想維持身體健康，就要留意平常的飲食，才能有健康的身體。

Chapter 10

인터넷

[in-teo-net]
網路

【開朗歐巴告訴你：韓國網路世界聖地「PC 房」】

網路已經是現代人生活中不可或缺的一部分，也是取得、分享、處理資訊的管道，更是相互聯絡的方式之一，可以說，現代人從早到晚都生活在網路環境當中。

　　當離開自身熟悉的環境到另一個陌生的地方時，第一個動作就是透過智慧型手機，打開網路中的地圖，確認現在所處的位置與方向，當然，在韓國旅遊，無論是尋找目的地、美食、景點，也都一定會依賴網路。根據美國獨立民調機構和智庫皮尤研究中心（Pew Research Center）於 2018 年的研究報告指出，韓國的網路及智慧型手機普及率是世界第一，更有國際媒體報導稱韓國為「網路王國」，因為韓國網路所涵蓋的範圍廣泛，速度更是第一，造就了便利的網路生活圈。韓國會有這麼優越的網路環境，原因在於韓國人講求速度，任何事情都要「快一點！快一點！」，因此建造了迅速、確實、方便的網路世界。

54 와이파이

[wa-i-pa-i] Wi-Fi 無線網路 ▸▸▸ MP3-60

說明 韓國有很多免費 Wi-Fi 可以使用，除了飯店大廳、機場之外，餐廳、咖啡廳、速食店、大賣場等地都有，最近甚至在市區公車站牌也有提供，但在營業場所的就需要輸入密碼。

[開朗歐巴的꿀팁]

💬 **와이파이 있어요 ?**

[wa-i-pa-i i-sseo-yo] 請問有 Wi-Fi 嗎？

💬 **와이파이 돼요 ?**

[wa-i-pa-i dwae-yo] 請問可以使用 Wi-Fi 嗎？

💬 **와이파이 아이디 뭐예요 ?**

[wa-i-pa-i a-i-di mwo-ye-yo] 請問 Wi-Fi ID 是什麼嗎？

💬 **와이파이 비밀번호 뭐예요 ?**

[wa-i-pa-i bi-mil-beon-ho mwo-ye-yo]

請問 Wi-Fi 密碼是什麼嗎？

▶ 單字

🎤 **와이파이 (Wi-Fi)**
[wa-i-pa-i]
無線網路；Wi-Fi

🎤 **아이디 (ID)**
[a-i-di]
帳號

🎤 **비밀번호**
[bi-mil-beon-ho]
密碼

🎤 **수신**
[su-sin]
收訊

🎤 **인터넷**
[in-teo-net]
網路

🎤 **인터넷 속도**
[in-teo-net sok-do]
網路速度

▶ 一起説説看！

A : **와이파이 있어요 ?** [wa-i-pa-i i-sseo-yo] 這裡有 Wi-Fi 嗎？

B : **있어요 .** [i-sseo-yo] 有。

   그런데 * 수신 안 좋아요 . [geu-leon-de su-sin an jo-a-yo] 可是，收訊不好。

★ **그런데** [geu-leon-dae] 可是、然而

▶ 一起説説看！

A : **와이파이 돼요 ?** [wa-i-pa-i dwae-yo] 可以使用 Wi-Fi 嗎？

B : **돼요 .** [dwae-yo] 可以。

   와이파이 아이디는 가게 이름이에요 .

   [wa-i-pa-i a-i-di-neun ga-ge i-leu-mi-e-yo] Wi-Fi ID 是店家名稱。

▶ 一起説説看！

A : **와이파이 비밀번호 뭐예요 ?**

   [wa-i-pa-i bi-mil-beon-ho mwo-ye-yo] Wi-Fi 密碼是什麼？

B : **가게 전화번호예요 .**

   [ga-ge jeon-hwa-beon-ho-ye-yo] 是店家電話號碼。

55 카카오톡 (카톡) / 라인

[ka-ka-o-tok (ka-tok) / la-in] Kakao Talk (Ka Talk) / LINE ··· MP3-61

說明 和臺灣愛用 LINE 一樣,韓國也有當地人愛用的免費通訊軟體,以黃色為主要視覺,稱為 Kakao Talk,整體功能和 LINE 差不多,可以傳訊息、圖片、影片、通話及視訊。在韓國,LINE 的使用率沒有 Kakao Talk 普及,Kakao Talk 除了通訊軟體外,還有 Kakao Map 及 Kakao Taxi 等軟體可以使用,所以受到歡迎。

代表句型

○○○○○ 써요 ?
[○○○○○ sseo-yo] 使用○○○○○嗎?

○○○○○ 아이디 있어요 ?
[○○○○○ a-i-di i-sseo-yo ?] 有○○○○○ ID 嗎?

▶ **單字**

👆 **카카오톡 (카톡)**
[ka-ka-o-tok (ka-tok)]
Kakao Talk(Katalk)

👆 **라인**
[la-in]
LINE

▶ **一起說說看!**

A : **카톡 써요 ?** [ka-tok sseo-yo] 請問使用 Ka Talk 嗎?

B : **예 , 써요 .** [ye, sseo-yo] 有,有使用。

　　아이디 교환해요 . [a-i-di gyo-hwan-hae-yo] 交換帳號吧。

<table>
<tr><td>代表
句型</td><td>○○○○○ 보내요 . / ○○○○○ 보내 주세요 .
[○○○○○ bo-nae-yo / ○○○○○ bo-nae ju-se-yo]
請傳○○○○○ (給我) 。</td></tr>
</table>

▶ 單字

🌶 **문자 / 문자 메시지**
[mun-ja / mun-ja me-si-ji]
簡訊；文字訊息

🌶 **음성 / 음성 메시지**
[eum-sung /
eum-sung me-si-ji]
語音訊息

🌶 **사진**
[sa-jin]
照片

🌶 **저장**
[jeo-jang]
存檔

🌶 **사진저장**
[sa-jin-jeo-jang]
照片存檔

🌶 **동영상**
[dong-yeong-sang]
視訊

🌶 **동영상저장**
[dong-yeong-sang-jeo-jang]
視訊存檔

▶ 一起說說看！

A : **우리 같이 사진 찍어요 .** [u-li ga-chi sa-jin jji-geo-yo] 我們合照吧。

B : **좋아요 .** [jo-a-yo] 好的。

　사진 보내 주세요 . [sa-jin bo-nae ju-se-yo] 請傳照片給我。

[開朗歐巴的꿀팁]

💬 **영상통화해요**
[yeong-sang-tong-hwa-hae-yo] /

화상통화해요
[hwa-sang-tong-hwa-hae-yo] 視訊通話吧。

開朗歐巴告訴你

韓國網路世界聖地「PC 房」

韓國有許多娛樂設施，大部分都取名為「○○房」。例如：KTV 在韓國叫做「노래방」[no-lae-bang]（唱歌房）；密室逃脫遊戲稱為「탈출방」[tal-chul-bang]（逃出房），網咖則稱為「PC 방」[PC-bang]（PC 房）。

韓國 PC 房有幾個特色，如下：

1. 由於 PC 房的網速高於一般地方，因此大學生們在新學期選課時為了搶先申請某些課程，大多會去 PC 房選課，才能搶得先機。

2. 有些 PC 房宛如隱藏版的美食街，可以在位子上用電腦點泡麵、炒飯、熱狗及飲料等食物，如果 PC 房的菜單中沒有想吃的食物，還可以點外送，如炸醬麵等中華料理，甚至還有人因為喜愛特定 PC 房的食物而特別過去。

3. PC 房的電腦設備完善，使用新款的螢幕、舒適的座椅、高階的電腦設備，因為好的電腦設備才能提高競爭力，讓顧客前來。加上近年來電競遊戲的流行，就連鍵盤、耳機也都是電競規格，玩家們在 PC 房的確可以玩得比較過癮。

4. PC 房的價格合理，和臺灣網咖相同，是以每小時計費。當然也有採會員制收費的地方，但對短時間的使用者而言不太需要。而每個城市的 PC 房收費有些差距，座位的等級也會影響價格，普遍而言，PC 房每小時收費為韓幣 1,000 ～ 1,200 元（約臺幣 35 元），高級一點的座位則收費韓幣 1,300 ～ 1,500 元（約臺幣 50 元）。

5. PC 房是公開場所，在大學附近甚至大馬路上都很常見，通常會分吸菸區與非吸菸區。

6. PC 房大多為 24 小時營業，通常晚間時段使用者較多。

在韓國旅遊時，若需要大螢幕並想有效率地電腦作業，可以在旅館附近找找看有沒有 PC 房，還有如果想打發時間，PC 房也是不錯的選擇，還可以順便參觀一下喔。

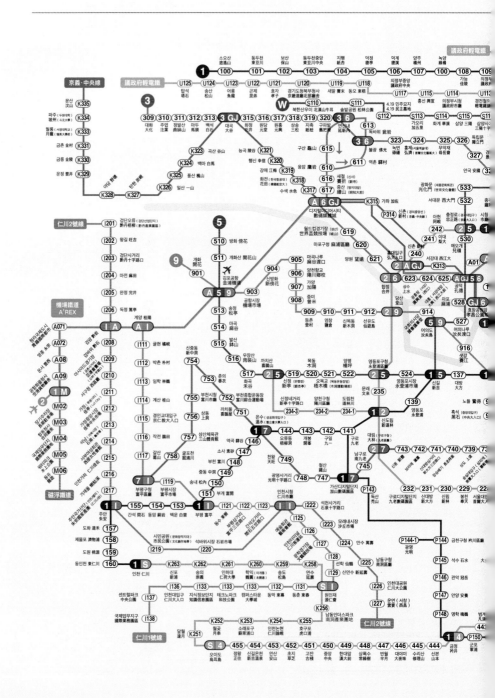

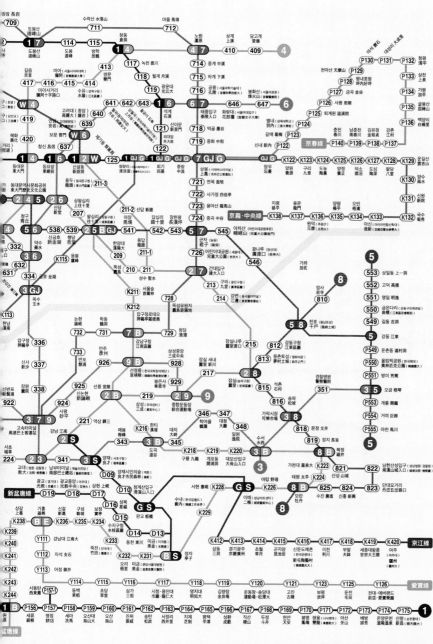

釜山地鐵路線圖

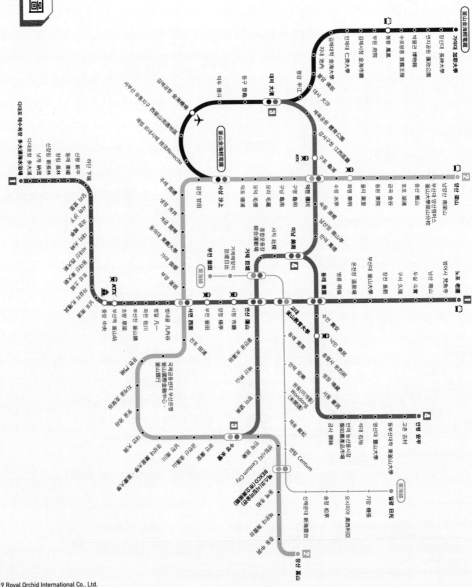

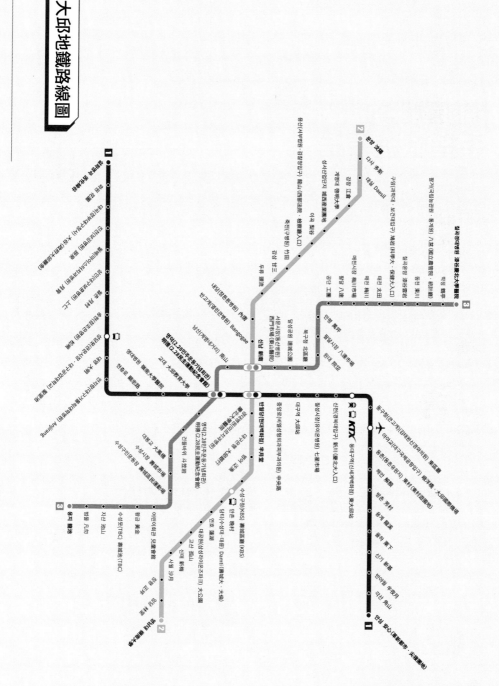

大邱地鐵路線圖

2019 Royal Orchid International Co., Ltd.

附錄 | 203

國家圖書館出版品預行編目資料

開朗歐巴的手指旅遊韓語 / 盧開朗著
-- 初版 -- 臺北市：瑞蘭國際 , 2019.04
208 面；17×23 公分 -- (繽紛外語系列；86)
ISBN：978-957-8431-90-4 (平裝附光碟片)
1. 韓語 2. 旅遊 3. 會話
803.288   108000823

繽紛外語系列 86

開朗歐巴的
手指旅遊韓語

作者｜盧開朗
責任編輯｜潘治婷、王愿琦
校對｜盧開朗、潘治婷、王愿琦

韓語錄音｜盧開朗、魯芝善
錄音室｜采漾錄音製作有限公司
封面設計、版型設計、內文排版｜劉麗雪
插畫｜何宣萱・地鐵路線圖繪製｜林士偉

董事長｜張暖彗・社長兼總編輯｜王愿琦
編輯部
副總編輯｜葉仲芸・副主編｜潘治婷・文字編輯｜林珊玉、鄧元婷
特約文字編輯｜楊嘉怡
設計部主任｜余佳憓・美術編輯｜陳如琪
業務部
副理｜楊米琪・組長｜林湲洵・專員｜張毓庭

法律顧問｜海灣國際法律事務所　呂錦峯律師

出版社｜瑞蘭國際有限公司・地址｜台北市大安區安和路一段 104 號 7 樓之一
電話｜(02)2700-4625・傳真｜(02)2700-4622・訂購專線｜(02)2700-4625
劃撥帳號｜19914152 瑞蘭國際有限公司
瑞蘭國際網路書城｜www.genki-japan.com.tw

總經銷｜聯合發行股份有限公司・電話｜(02)2917-8022、2917-8042
傳真｜(02)2915-6275、2915-7212・印刷｜科億印刷股份有限公司
出版日期｜2019 年 04 月初版 1 刷・定價｜380 元・ISBN｜978-957-8431-90-4

PRINTED WITH
SOY INK　本書採用環保大豆油墨印製

瑞蘭國際